KB210316

TV동화 행복한 세상
9

TV동화
행복한 세상

9

기획·구성 | 박인식 (KBS 한국방송 PD)

샘터

사랑하는 가족,
그대들로 인해 제가 세상에 존재합니다.
아름다운 이웃,
너와 내가 함께하는 세상이 아름답습니다.

또 다른 깨달음과 지혜가 삶을 행복하게 만듭니다.
세상을 바꾼 위대한 아이디어는 사랑에서 시작됩니다.
꿈을 이루는 기적의 순간은 작은 노력이 모여 피어납니다.

작은 일상에서 만나는 깨달음,
그 진정한 행복을 바로 지금 이 순간 선물합니다.

_____ 님께 한 걸음 더 가까이
다가가고 싶은 저의 마음을 전합니다.

차 례

1 내가 나로 존재하는 이유 | 소중한 가족

아들은 청소부 · 10　할머니의 오른손 · 14　어른을 위한 크리스마스 선물 · 18
아버지는 누구인가 · 22　아들에게 받은 세뱃돈 · 26　어머니와 바지 · 30
엄마와 마늘장아찌 · 36　행복한 문자 메시지 · 40　대화가 필요해 · 44
인생 최고의 선물 · 48　시어머니와 함께라면 · 54
아들과 함께 한 중국 여행 · 58　49 빼기 19 · 62

2 삶을 행복하게 만드는 지혜 | 또 다른 깨달음

아이처럼 생각하기 · 68　친절의 가치 · 74
우리 딸 웃음 찾기 · 78　아름다움을 보는 눈 · 82
한 박자 천천히 · 86　기름진 땅 황폐한 땅 · 90　밤 한 톨의 희망 · 94
엽전과 새끼줄 · 98　바다 위의 갈매기 · 102　마음을 다스리는 방법 · 106
마음을 움직이고 싶다면 · 110　행복한 의자 · 114

3 세상을 바꾼 아이디어 | 위대한 발명

끝없는 도전 · 120　성공의 열쇠 · 124　사랑의 반창고 · 128
편리한 우표 · 132　위기를 기회로 만든 지혜 · 136
멈추지 않는 열정 · 140　노력이 희망 · 144　사랑은 발명의 꽃 · 148
손끝에서 피어난 발명 · 152　마음을 듣는 청진기 · 156

4 꿈을 이루는 기적 | 눈부신 노력

101세의 화가 · 162 두 사람의 차이 · 166 아버지와 나침반 · 170
나는 세계 최고다! · 174 껄병을 조심하세요 · 178 아름다운 나무 · 182
할머니의 7전8기 도전 · 186 운명을 바꾼 1.68초 · 190
인생의 주인공 · 194 신부님은 레슬러 · 198 책 속에서 찾은 길 · 202
희망이라는 이름의 병아리 · 206 꿈꾸는 거북이 · 210

5 너와 내가 함께하는 세상 | 아름다운 이웃

희망 나눔 릴레이 · 216 스님의 깊은 뜻 · 220 감동의 5분 발표 · 224
도시락에 사랑 한가득 · 228 의미 있는 선택 · 232
모두가 장원 · 236 화수분 사랑 · 240 마음이 담긴 교복 · 244
행복의 맛 · 248 더 건강해져야 하는 이유 · 252
남편의 선생님 · 256 십 년을 이어온 100원의 힘 · 260

〈TV동화 행복한 세상〉 원작 목록 · 265

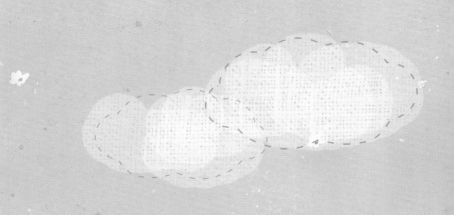

곁에 계실 때보다 곁을 영영 떠나신 후에야 더욱 그리운 사람.
뒷동산의 큰 바위 같은 이름. 시골의 느티나무 같은 존재…….
이 세상 모든 아버지는 가족을 사랑하고 지키는 위대한 힘을 가진 분입니다.

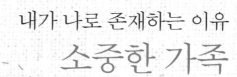

내가 나로 존재하는 이유

소중한 가족

아들은 청소부

　　아홉 살 된 둘째는 유난히 부산하고 산만한 구석이 많은 개구쟁이입니다. 엉뚱한 면도 많아서 애를 바싹 태워 놓는 주인공이지요. 칭찬은 고사하고 야단이나 안 맞으면 다행일 정도입니다.

　　그런 말썽쟁이가 하루는 목욕탕을 깨끗이 청소해서 나를 깜짝 놀라게 했습니다. 처음 보여주는 의젓한 행동

에 나는 한껏 들떠서 말했습니다.

"우리 창우가 청소를 다 했네? 아유, 기특하기도 해라."

그것은 내가 아이에게 해준 첫 번째 칭찬이었습니다. 엄마의 칭찬에 자신감을 얻었는지 아들에겐 장래희망이 생겼습니다.

"엄마, 전 이담에 커서 훌륭한 청소부가 될 거예요!"

철부지 아이가 하는 소리려니 하고 한 귀로 흘려들었는데……. 학교 학부모 모임이 있던 날, 머리를 한 대 얻어맞은 것 같은 충격을 받고 돌아왔습니다.

각자의 장래희망을 붙여둔 아이들의 사물함. 아들의 이름 앞에서 나는 얼음이 돼버렸

습니다.

"뭐야? 장래희망이 진

짜 청소부야?"

공부를 잘하게 되면 꿈

도 바뀌지 않을까 생각했습니다.

"오늘부터 영어학원에 보내야지. 공부를 시키는 거야."

내 작전이 효과가 있었는지, 며칠 후 아들의 일기장에는 내가 흐뭇해할 만한 얘기가 적혀 있었습니다.

'앞으로 영어를 열심히 배워야겠다…….'

'녀석이 마음을 잡았구나.' 하며 안심하려는 찰나, 이어진 글에서 무너지고 말았습니다.

'영어 공부를 열심히 해서 반드시 미국의 빌딩 청소부가 될 것이다.'

나중에 담임선생님을 통해 들으니, 아들은 매일 같이 이 반 저 반을 돌며 신발장을 정리하고, 지저분한 화장실 청소도 도맡아 하는 착한 아이라고 하더군요. 청소에 목맨 사람처럼 손에서 빗자루를 놓지 못하니…… 이쯤 되면 아들의 생각을 존중해주어야지 싶었습니다. 무조건 반대하는 것만이 능사는 아니

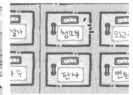

니까요. 자기가 좋아하고 잘하는 것에 열중하고 몰두하는 모습, 그보다 더 보람찬 일이 어디 있겠습니까.

"우리 창우, 청소를 정말 잘하는구나."

아들에게 보약이요 비타민은 엄마의 칭찬이었던 것입니다. 그 사람에게 주어진 재능을 찾아내서 쓸모 있는 일꾼이 되도록 이끌어주는 칭찬의 힘……. 잘 뿌린 말의 씨앗이 사람을 열매 맺게 하는 자양분입니다.

할머니의 오른손

　　　　　어렸을 때, 엄마가 직장에 다니셔서 나는 할머니 손에서 자랐습니다. 솥뚜껑처럼 두툼하고, 거북이 등처럼 딱딱하고 거친 손이지만, 뚝딱뚝딱 해내지 못할 게 없었던 마법의 손……. 내가 기억하는 할머니의 손이지요. 그 손에서 자란 텃밭 채소는 싱그러웠고, 마당의 꽃은 향기로웠습니다.

　　할머니 손은 영험하기까지 했습니다. 내 배가 아프면 금세 낫게 해주었으니까요.

　　"할미손은 약손, 할미손은 약손."

"할머니, 이제 배가 안 아파요. 정말 신기해요, 헤헤헤."

내가 일곱 살이 되던 해, 하루는 할머니와 은행에 가게 됐습니다. 집을 나서기 전 할머니는 오른손에 붕대를 감으셨습니다. 자꾸만 눈이 갔습니다. 조금 전까지만 해도 멀쩡했던 할머니의 손을 나는 이상해서 쳐다봤지요. 할머니는 손이 아프다며 은행 직원에게 예금 인출용지를 대신 써달라고 했습니다.

"내가 손이 아파 그러는데, 십만 원이라고 써줄래요?"

그래서 진짜 아프신 줄 알았지요. 그런데 그사이 좋아진 걸까요? 은행에서 무사히 돈을 찾아 나오는 순간, 할머니는 손에서 붕대를 풀어냈습니다.

머리가 혼란스러웠습니다. 할머니가 멀쩡한 손을 숨기신 까닭은 뭘까요?

중학생이 되어 읽은 동화책에서 나는 그 답을 찾았습니다. 책 속 주인공인 아버지가 약병 설명서를 읽을 줄 몰라 약 뚜껑을 열지 못하고 결국 죽음을 맞게 된다는 내용이었죠. 그 아버지의 얘기에서 붕대를 감은 할머니의 모습이 떠올랐습니다.

그해 여름, 나는 할머니 댁으로 내려갔습니다. 방학 동안 할머니께 한글을 가르쳐드리기 위해서였지요. 지금껏 누구도 알아주지 않은 당신의 고민이자 소원을 풀어준 손녀를 기특해하며, 할머니는 좋은 학생이 돼주셨습니다.

"강……, 밭 ……, 땅…….."

그렇게 방학 한 달을 시골에서 보낸 나는 겨울방학에 다시 오기로 하고 할머니와 작별했습니다. 그것이 할머니와의 마지막 인사가 될 줄은 꿈에도 모른 채 말입니다.

그해 겨울, 할머니는 다시는 돌아올 수 없는 먼 곳으로 떠나셨고, 마치 마지막 유언처럼 이런 글을 남기셨습니다.

'선생님 김은혜…… 학생 이말례…….'

한평생 까막눈으로 살아오신 할머니에게 글을 가르쳐준 어린 손녀는 고마운 선생님이었던 겁니다.

죽은 화초도 살려내는 아름다운 손을 갖고 계셨던 분, 가장 훌륭한 학생……. 할머니가 그리울 때면 나는 할머니의 글씨를 보며 그 따뜻한 사랑을 되새기곤 합니다.

어른을 위한 크리스마스 선물

여덟 살 소년 홍석이에게 크리스마스는 일 년 중 가장 기쁜 날입니다. 크리스마스를 며칠 앞둔 어느 날, 창 밖에 내리는 함박눈을 바라보며 방실방실 웃고 있는 아들 홍석이를

사랑스럽게 쳐다 보던 아버지가 물 었습니다.

"뭐가 그리 좋 으냐?"

"곧 크리스마스잖아요. 산타 할아버지한테 선물 받는 날이요, 헤헤."

좁은 방 한 귀퉁이에서 조용히 책을 읽던 두 살 터울의 형이 동생을 나무랐습니다.

"넌 산타 할아버지를 아직도 믿냐? 바보야, 산타 할아버지는 어른들이 지어낸 얘기야."

산타 할아버지에 대한 믿음을 깨는 형의 한마디에 홍석이가 울먹대자 아버지가 달랬습니다.

"홍석이는 무슨 선물 받고 싶은데?"

"변신 로봇이요, 으하하."

홍석이는 침울했던 낯빛을 환하게 바꿨습니다. 어린

아들의 소박한 소원 하나 들어
줄 수 없는 아버지는 가슴이
아팠습니다. 그날 밤, 아버지
는 어깨가 축 처져서 집에 왔
습니다.

"여보, 오늘도 일자리 못 구한 거예요?"

냉기가 도는 단칸방에서 아버지와 어머니는 겨우살이 걱정
에 땅이 꺼져라 한숨을 내쉬었습니다.

"……당신 허리는 좀 어떻소?"

"여전하네요. 얼른 나아서 나라도 식당에 나가야 할 텐데."

벌써 몇 달 째 일자리를 구하지 못해 거리를 떠도는 아버지, 고
된 식당일을 하다가 바닥에 미끄러져 허리를 다친 어머니…….

가난한 홍석이 집에도 어김없이 찾아온 크리스마스 전날 밤,
주머니가 가벼운 아버지가 아들을 위해 준비한 선물은 사탕

한 봉지였습니다. 변신로봇
은 사줄 수 없지만 아들의
동심까지 깨고 싶지는 않았
습니다.

모두가 잠든 늦은 시간. 아버지는 홍석이가 머리맡에 놓아둔 양말을 집어 들었습니다. 그 안에는 이미 무언가가 담겨 있었습니다! 홍석이가 산타할아버지에게 쓴 편지였습니다. 아버지와 어머니의 눈시울을 뜨겁게 적신 홍석이의 편지……

"산타 할아버지, 저 홍석이예요. 올해는 작년보다 착한 일을 더 많이 했으니까 선물 두 개 주시면 안 될까요? 대신 선물은 부모님께 주세요. 아빠에겐 좋은 직장 주시고요,

엄마에게 건강한 허리를요. 부탁드려요."

홍석이가 과연 부모님의 대화를 들은 걸까요?

그해 크리스마스…… 부모님은 어린 아들에게 큰 선물을 받았습니다. 어른이 되고 처음으로 받은 크리스마스 선물은 따뜻한 희망이었습니다.

아버지는 누구인가

　　아버지는 기분이 좋을 때 헛기침을 하십니다. 겁이 날 때는 너털웃음을 흘리시지요. 자녀가 받아 온 학교 성적이 기대만큼 좋지 않을 때, 아버지는 따끔한 충고보다 어깨를 토닥토닥 두드리며 마음까지 다독여주십니다.

아버지의 마음은 검은색 유리로 만들어져 있습니다. 그래서 잘 깨지기도 하지만 잘 보이지도 않습니다. 그래서 아버지의 생각을 잘 읽을 수도 없습니다.

마음 놓고 울 장소가 없어서 슬픈 사람. 오직 마음으로만 울고 겉으로는 담대한 척하는 분······.

아버지가 아침마다 서둘러 나가는 곳은 즐거운 일만 기다리는 곳이 아닙니다. 아버지는 머리가 셋 달린 용과 싸우러 나가십니다. 밀려드는 피로와 끝없는 업무, 지긋지긋한 스트레스······. 그 때문에 힘에 겨워도 결코 힘겹다는 말을 하지 않으시는 아버지······.

　아버지는 날마다 '내가 부모 노릇을 잘하고 있나?' 하고 자책하는 분이십니다. 자녀가 밤늦게까지 집에 오지 않을 때 어머니는 열 번 넘게 염려하는 말을 하시지만, 아버지는 열 번 넘게 현관문을 쳐다보십니다.

　아버지가 보여주는 웃음은 어머니의 웃음보다 두 배쯤 농도가 진합니다. 그러나 아버지가 한번 눈물을 보이시면 그 울음의 농도는 열 배가 넘습니다.

　아버지는 쓸쓸한 가을과 추운 겨울이 오가는 가슴을 지니셨습니다. 그래서 가슴에 귀를 대보면 쓸쓸한 바람 소리가 들립니다. 집안에서는 어른인 체하지만, 친한 친구를 만나면 소년

이 되는 분. 자식들 앞에서는 기도하는 모습을 보이지 않지만, 혼자 차를 몰고 다닐 때에는 큰 소리로 식구들의 건강을 비는 분……. 때론, 가족이 행복하길 바라는 주문을 외기도 하시지요.

아버지는 돌아가신 뒤에야 비로소, 그동안 하셨던 말씀을 두고두고 생각나게 하는 분이십니다.

"내 딸아 아들아, 항상 꿈을 꾸며 살아가렴."

곁에 계실 때보다 곁을 영영 떠나신 후에야 더욱 그리운 사람, 뒷동산의 큰 바위 같은 이름, 시골의 느티나무 같은 존재…….

이 세상의 모든 아버지는 가족을 사랑하고 지키는 위대한 힘을 가진 분이십니다.

아들에게 받은 세뱃돈

지난해 설날이었습니다. 오랜만에 가족을 만나러 가는 귀향길. 그러나 나는 전혀 기쁘지 않았습니다. 명절 내내 일만 할 게 뻔하니까요.

시댁에는 미혼인 시누이만 무려 세 명입니다. 하지만 시어머니 감독 하에 부엌일을 하는 사람은 달랑 나 혼자뿐이지요. 젊은 시누이들이 도와주기를 하나, 집안 남자들이 거들어주기를 하나……. 누구 하나 신경 써주는 사람 없이, 그 많은 부엌일은 늘 전부 내 차지였습니다.

　지난 설에도 끊이지 않는 손님을 치르느라 나는 집 안에서 종
종걸음을 치고 있을 때, 시누이들은 한껏 멋을 부리고 친구들
을 만난다며 나갔습니다.

　"언니 미안해요. 중요한 약속이라서요……."

　"다음엔 꼭 도와줄게요."

　세련되게 잘 차려입은 시누이들과 후줄근한 내 모습이 눈에
띄게 비교되는 것만도 서러운데, 어린 아들은 철없는 말을 꺼
내서 내 속을 박박 긁어놓았습니다.

　"엄마, 엄마도 고모들처럼 예쁜 옷 좀 입으세요. 엄마만 옷이
너무 지저분해요."

순간, 나도 모르게 험한 말이 튀어나왔습니다.

"지금 엄마 놀리는 거야? 쓸데없는 일에 참견하지 말고 저리 가서 놀아! 어서!"

나의 과민한 반응에 아들은 울음을 터뜨렸습니다. 야단을 맞고 주눅이 든 아들은 할아버지 할머니께 세뱃돈을 두둑이 받고도 좀처럼 시무룩한 얼굴을 펴지 못했지요. 정초부터 화를 낸 것이 마음에 걸리긴 했지만, 아들을 달래기에는 당장 내가 너무 지쳐 있었습니다.

노곤한 몸을 이끌고 집에 돌아온 나는 그대로 뻗어 잠이 들었습니다. 그리고 한밤중이 되어서야 눈을 떴을 때, 머리맡에 놓

인 하얀 봉투가 보였습니다.

서툰 글씨로 '엄마'라고 적은 봉투 속에는 십만 원가량의 빳빳한 지폐 뭉치와 아들의 편지가 들어 있었습니다.

"엄마, 제 세뱃돈 전부 드릴게요. 이 돈으로 예쁜 옷 사 입으세요. 고모들은 좋은 옷 입고 놀러 가는데 엄만 일만 하셔서 마음이 아팠어요. 엄마도 예쁜 옷 사 입고 아빠랑 저랑 놀러 가요. 엄마 사랑해요."

엄마의 억울함을 달래주려고 자신의 세뱃돈을 아낌없이 선물한 아들아이……. 그해 설날, 내가 받은 최고의 복은 아들의 예쁜 마음이었습니다.

어머니와 바지

　　"당신 또 주머니에 동전 넣어놨어? 제발 그 버릇 좀 고치라니까……."

　　아침마다 아내에게 듣는 잔소리입니다. 오늘도 내 바지에서 나온 동전 때문에 세탁기가 엉망이 됐다며 야단이네요. 좋지

않은 습관인 줄 알면서도 고치지 못하는 건, 어머니에 대한 기억 때문입니다.

칠 년 전, 아버지가 돌아가시고 난 후 어머니는 몹시 힘든 시간을 보내셨지요.

"아이고, 아이고…… 흑흑흑."

당시 나는 군복무 중이었기 때문에 두 누나와 여동생이 시름에 잠긴 어머니를 보살펴드렸습니다. 그리고 동생은 시골 어머니를 서울로 모시겠다고 했지요.

"오빠, 엄마 서울로 모시고 와서 내가 같이 살 거니까 너무 걱정하지 마."

어머니를 편히 모시겠
다던 동생이었습니다.
하지만 어머니와 살면서
편해진 건 오히려 동생

이었지요. 어머니가 집안일을 다 해주시니 두 손 놓고 지냈던 것입니다.

내가 제대를 하면서 어머니의 일거리는 곱절로 늘어났습니다.

"왜 세탁기 놔두고 손빨래를 하세요?"

나는 잔소리를 했습니다. 고생하시는 어머니를 보면 마음이 아팠지만 정작 말뿐이었습니다. 겉으로는 위하는 척하면서도 속으로는 어머니가 당연히 해야 하는 일이라는 식이었지요.

그렇게 오랫동안 아버지를 병구완하면서도 끄떡없던 분이셨는데…… 어머니는 자식들 뒷바라지에 나날이 찌들어가셨습니다.

나는 공부니 뭐니 핑계를 대고 바쁜 척 힘든 척은 혼자 다 했고, 어머니와 밥상머리에 앉

아 도란도란 얘기를 나눈 적도 없었습니다.

그러던 어느 날, 어머니가 모처럼 일찍 귀가한 나를 위해 콩나물 요리로 식탁을 차리셨습니다.

"옷을 빨려고 보니까 네 바지에서 천 원짜리가 나오지 뭐니. 공돈으로 기분 좀 내느라 콩나물 좀 왕창 샀다."

그깟 천 원짜리 한 장에 오랜만에 시원하게 웃으시던 어머니…… 그 모습을 자주 보고 싶은 마음에 그때부터 일부러 주머니에 동전을 넣게 되었고, 그 버릇이 지금까지 이어지면서 아내를 괴롭혔던 것입니다.

"으음……. 어머, 오백 원이네. 오늘은 두부 요리를 해야지."

동전을 발견할 때마다 소녀처럼 까르르 웃으시던 어머니. 찰랑거리는 동전 몇 개가 어머니에게는 고단한 삶을 지탱해주는 쏠쏠한 행복이었던 것입니다.

아내에게 매번 잔소리를 들으면서도 내가 주머니에서 동전을 빼지 못하는 이유. 사랑하는 어머니에 대한 가슴 찡한 추억 때문입니다.

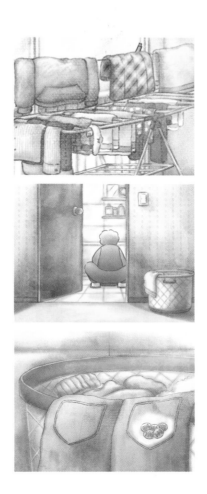

엄마와 마늘장아찌

친정어머니는 일흔을 바라보는 연세에 시골에서 홀로 농사를 짓고 계십니다. 어머니의 유일한 낙은 애써 기른 농작물을 내게 보내는 것이지요. 늦둥이 외동딸을 끔찍이도 아끼는 어머니의 정성에 우리 집 밥상은 늘 무공해 반찬들로 풍성

합니다. 나 같은 직장인에게는 더할 나위 없이 좋은 일이긴 하지만 가끔 귀찮을 때도 있습니다. 마늘장

36

아찌 사건이 그랬습니다.

"너랑 이 서방이 잘 먹어서 마늘장아찌 좀 만들었는데, 언제쯤 가지러 올래?"

전화로 대답은 곧 가겠다고 해놓고 나는 차일피일 미뤘습니다. 하루에도 몇 번씩 전화로 확인하시는 엄마의 성화는 대단했지요. 그러던 중, 어머니가 편찮으시다는 소식을 듣게 됐습니다.

"희진아, 네 엄마 병원에 입원하셨어."

동네 아주머니의 전화를 받고 찾아간 병원에는 어머니가 감기와 피로로 몸져누워 계셨습니다.

"몇 달 전부터 마늘장아찌를 만든다며 하루 종일 마늘을 다듬으시더니, 아, 이렇게 병이 나지 않았겠니……."

어머니의 그간 상황을 말해주는 아주머니의 증언들……. 고맙기보다 먼저 속이 상해서 목이 메었습니다.

그날 저녁, 나는 어머니의 집을 찾았습니다. 필요한 물건 몇 개만 챙겨들고 서둘러 나올 생각이었는데, 쪽마루에 오밀조밀 모여 있는 유리병이 시선을 사로잡았습니다.

'이게 다 뭐야……?' 나는 속으로 중얼거렸습니다. 일 년은 족히 먹고도 남을 만큼 많은 양의 마늘장아찌가 유리병 가득 담겨 있었습니다. 병병마다 이름표를 달고 말이지요.

'담근 날…… 먹는 날?' 장아찌를 담근 날짜와 먹을 수 있는 시기가 소상히 적힌 일종의 품명이었던 것입니다.

손 끝마디가 얼얼해지도록 그 많은 마늘을 까고 씻고 절이셨을 어머니……. 자식들 먹일 생각에 힘든 줄도 모르셨겠죠.

알싸한 마늘향이 가슴을 후벼파듯 아프게 밀려왔습니다.

"엄마, 미안해요. 흑흑……."

어머니의 마음을 가벼이 여겼다는 게 부끄러웠습니다.

매운 내가 사라지고 향긋한 단맛이 솔솔 풍겨오는 어머니의
마늘장아찌……. 그 물오른 사랑에 달콤한 행복을 맛보고 있습
니다.

행복한 문자 메시지

학교에 가려는 딸을 붙들고 싫은 소리를 해댄 건 내 생일 아침이었습니다.

"넌 고3이나 된 애가 왜 정신을 못 차리는 거니?"

딸은 한마디 변명도 하지 않고 그저 잠자코 듣기만 했습니다.

나는 성이 풀릴 때까지 잔소리를 쏟아냈지요.

"남들은 공부한다고 새벽까지 잠도 안 잔다는데, 넌 그렇게 해서 대학이나 가겠어?"

더는 참을 수 없었는지, 딸은 설움에 가까운 하소연을 하고 그대로 나가버렸습니다. 아침밥에는 손도 대지 않고서 말이지요. 딸에게 생일축하를 받고 싶었지만 속상하게 사이만 더 나빠졌습니다. 요사이, 공부는 안 하고 꾀를 부리는 딸의 태도에 화가 나서 한바탕 퍼부은 것이 오후 내내 목에 가시처럼 걸렸습니다.

"휴우……."

"엄마는 절 그렇게 못 믿으세요? 누구보다 불안한 건 저라고요.

고3이라고 다른 애들 엄마는 보약도 해주고 밤마다 차로 데리러 오시는데, 엄마는 그러실 수 없잖아요."

어려운 집안 형편을 생각해서 참고서도 친구들에게 빌려본다는 딸아이······.

"고생하는 엄마를 생각하면 저도 공부 잘하고 싶단 말이에요."

딸이 내뱉고 간 말이 하루 종일 머릿속에서 떠나질 않았습니다. 지금, 가장 힘든 사람은 수험생인 본인이겠지요. 그런데도 나는 사는 게 힘들다는 이유로 딸을 따뜻하게 감싸주지 못했습니다. 그날 저녁, 집에 온 딸의 눈치를 슬슬 살펴가며 나는 화해

할 기회를 찾는 중이었습니다.

그때, '딩동' 하고 휴대전화가 울렸습니다. 문자

메시지가 왔다는 신호음이었지요. 무심코 들여다본 휴대전화 속에는 코끝을 찡하게 만드는 마음이 담겨 있었습니다.

"어머니 생신 축하드려요. 희원이 친구 영애 올림."

그렇게 한 통을 시작으로 휴대전화가 계속해서 울렸습니다.

"어머니 정말 축하드려요. 사랑합니다. 희원이 짝 미라 올림."

그런 사랑의 메시지가 무려 마흔 개. 딸의 반 친구들에게 받은 마흔 번의 축하……. 딸이 내게 주는 특별한 생일 선물이었습니다. 나는 고맙다는 말 대신 딸을 꼬옥 안아주었습니다.

행복한 사람에게는 향기가 난다고 하지요. 싱그러운 풀잎처럼 향기로운 딸에게서 나는 사랑하는 법을 배웠습니다.

대화가 필요해

아버지가 뇌경색으로 쓰러지셔서 위독하다는 연락을 받은 건, 당신께서 오랜 교직생활을 마치시고 일 년이 지난 어느 날이었습니다. 정신없이 찾아간 부산의 한 병원에서

아버지는 생사의 기로를 헤매며 신음하고 계셨습니다.

너무 엄해서 다가가기 어려웠던 분. 학생들에게는 좋은 선생님이었지만 가족들에게

는 애정 표현이 서투셨던 아버지…….

다른 친구들처럼 아버지와의 사이가 돈독하지는 못했지만, 아버지의 병환 소식에 심장이 쿵하고 내려앉는 기분이었습니다. 수수깡처럼 바싹 여윈 아버지를 보며 나는 눈물을 펑펑 쏟았습니다.

"아버지…… 흑흑……."

다행히 위험한 고비는 넘겼지만 안심할 수 없었습니다. 게다가 아버지는 얼굴이며 한쪽 팔다리가 굳어서 일상생활이 어려운 형편이었지요.

"청춘을…… 돌려다오. 내 청춘을 돌려다오."

생전 부르지 않던 노래를 부르시고 먹을 것을 달라며 애처럼 보채고……. 근엄하고 자신감에 넘치셨던 아버지의 예전 모습은 전혀 찾아볼 수 없었습니다. 가족의 도움 없이는 아버지는 거동조차 불편한 상태였습니다.

4개월간의 병원 생활을 마친 아버지가 집에 돌아오시면서 우리 가족에게는 큰 변화가 찾아왔습니다. 전에는 대화도 없었고, 함께 외출하는 것도 우리 가족에게는 낯선 풍경이었지요.

하지만 아버지에게 찾아든 병마는 아침마다 세 식구가 손을 잡고 산책을 나가게 해주었고, 함께 운동도 하고 김밥도 나눠 먹는 화목한 시간을 만들어주었습니다.

얼마 전에는 식구들이 모인 자리에서 아버지가 학창 시절의 얘기를 들려주셨습니다.

"언영아, 고등학교 때 내 별명이 뭔 줄 아니? 허 박사였어, 허 박사."

"나한텐 허 영감이라고 하서놓고."

"아, 그건 중학교 때 별명이고."

다른 집에서라면 지극히 평범한 대화지만 우리 가족으로서는 처음 겪는 특별한 경험이었습니다. 서로를 알아가는 시간이었지요.

중풍에 걸린 아버지를 보며 하늘을 원망한 적도 있었습니다. 하지만 어느 순간 이번 일이 하늘이 주신 기회일지도 모른다고 생각했습니다. 늦게나마 아버지의 손을 잡고 당신 걸음에 보조를 맞춰 나란히 걸을 수 있게 됐으니까요.

아버지에 대한 사랑으로 더욱 단단해지는 우리 가족……. 그렇게 따뜻한 마음만은 영원토록 함께할 것입니다.

인생 최고의 선물

　　며칠 앞으로 다가온 내 생일을 위해 마련했다며
남편이 기차표 넉 장을 건넸습니다. 결혼 후 처음 맞는 내 생일
에는 남편과 단둘이 여행을 가고 싶었습니다.

　　"당신 생일이 토요일이더라. 친구들하고 신나게 여행 다녀와.

내가 연락은 다 해놨어. 호텔도 예약해뒀고⋯⋯."

친구들과의 여행이 싫은 건 아니지만, 솔직히 섭섭하기가 말로 다 할 수 없었습니다. 둘 만의 오붓한 시간을 기대했던 터라 시무룩한 표정으로 대답을 대신하자 남편이 달래며 말했습니다.

"실은 주말에 중요한 일이 생겼거든. 조만간 시간 내서 같이 가자, 응? 헤헤."

내 생일보다 중요한 일이 어디 있다고, 마치 헌신짝이 된 기분이었지요.

"아휴⋯⋯."

기차표 예매부터 호텔 예약까지, 남편의 여행 선물은 어디 하

나 나무랄 데가 없었습니다.

"네 남편 정말 최고야. 어쩜 이렇게 자상하니?"

"넌 좋겠다. 부럽다 부러워……."

친구들은 입을 모아 칭찬했지만 전화 한 통 없는 남편 때문에 내 기분은 엉망이었습니다.

"무슨 일인데 전화도 안 하고…… 정말 너무해."

다음 날 저녁, 여행을 마치고 집에 돌아왔지만 남편은 보이지 않았습니다. 누구에게라도 속상한 마음을 털어놓아야 직성이 풀릴 것 같았지요. 나는 시골에 계신 친정엄마에게 전화를 걸었습니다.

"엄마, 너무 속상해요. 결혼하고 맞는 첫 생일인데 같이 있어야 하는 거 아니에요? 에휴……."

"……애야, 실은 말이다, 강서방 어제 오늘 나랑 있었단다."

나는 잠시 수화기를 든 채 멍하니 서 있었습니다. 어머니의 설명은 이랬습니다.

"어제 강서방이 말이다, 연락도 없이 찾아왔더구나."

남편은 약속도 하지 않고 불쑥 찾아와 어머니를 근사한 식당 으로 모셔서 비싼 저녁을 대접하고, 같이 극장에도 다녀왔다고

했습니다. 그래서 엄마가, 딸 생일에 내가 호강하네, 라고 하셨 더니, 갑자기 남편이 벌떡 일어나 넙죽 큰절을 올렸다는 것이 었습니다.

"어머니, 집사람 같은 좋은 사람 낳아주셔서 감사합니다. 장 인 어른도 안 계신데 홀로 힘드셨지요? 어머니는 제게 생애 최 고의 선물을 주셨습니다. 그러니 오늘은 아내가 아니라 어머니 에게 감사를 드리는 게 맞다고 생각했어요. 아내를 친구들하고

여행 보낸 것도 오늘만큼은 어머니와 오붓한 시간을 보내고 싶어서였습니다."

　그렇게 깊은 뜻이 있는 줄도 모르고 나는 남편이나 원망하는 못난 아내였습니다. 남편의 순수한 사랑을 받는 기분이란……
뭐랄까, 가슴에 봄이 찾아온 기분이랄까요.

　내 인생 최고의 선물이 남편이라면 내 인생 최고의 기적은 남편을 만나 결혼한 것입니다.

시어머니와 함께라면

"할머니 저 귀 후벼주세요." 팔순에 가까운 시어
머니가 덩치 큰 고등학교 손자의 어리광에 은근히 기다렸다는
듯 다리를 내어줍니다. 매일 밤 펼쳐지는 정겹고 흐뭇한 우리
집 풍경입니다. 나이만큼 무르익은 연륜과 나이보다 넘치는 의

욕으로 가족에게 행복을 선사하는 시어머니.

세월이 가도 변하지 않는 손맛으로 된장과 고추장을 맛깔스럽게 담그시고, 천성이 건강하고 부지런하셔서 높은 연세에도 텃밭에서 손수 지은 싱싱한 채소를 먹게 해주십니다.

사랑이 넘쳐 손자도 잘 챙기지만 작은 동물도 하찮게 여기지 않고 귀하게 돌보시는 따뜻한 분이 바로 시어머니이십니다.

우리 집에는 하루에 한 개씩 꼬박꼬박 달걀을 낳는 닭이 두 마리 있습니다. 마당 한 귀퉁이에 손수 벽돌을 쌓고 나무 판자로 지붕을 얹고……. 겉으로 보기엔 허술해 보이는 닭장이지만 두 녀석들은 어머니의 사랑을 받으며 호강 아닌 호강을 누리고

있습니다.

비 오면 냄새 나고, 더우면 파리가 들끓고, 내 눈에는 사료만
축내는 귀찮은 동물인데 어머니에게는 귀한 자식 이상이었습
니다. 일부러 시장에 나가 닭들이 좋아하는 푸성귀를 주워오
고, 주방 도마 위에 송송 곱게 썰어 그릇에 담긴 먹이를 챙겨주
실 만큼 열성적이었지요.

"저 봐라, 지놈들 밥 주는 줄 알고 내다보는 거……. 참 신통
하지?"

"에이, 설마요. 그냥 보는 거겠죠……."

한갓 작은 생명도 살뜰히 챙기시는 어머니의 말에 심드렁하
게 대답했는데, 시어머니께서 부산 형님 댁에 가신 다음 날부
터, 꼬박꼬박 알을 잘 낳던 닭이 무슨 변덕인지 뚱 귀 먹은 소식
인 겁니다. 그럴 일이 없다고 생각했는데, 시어머니가 집에 오신
다음 날 아침 설마 했던 일이 현실이 되었습니다.

　두 녀석이 기다렸다는 듯 꼬꼬댁하고 울더니 이레 만에 뽀얀 달걀을 낳은 것입니다.

　"어머니, 어머니, 닭이 알을 낳았어요."

　"그렇구나. 우리 이쁜 닭들 고생 많았다……."

　누군가는 우연의 일치라고 말하겠지요. 하지만 나는 눈으로 보고 마음으로 느꼈습니다. 어머니의 너그러운 사랑이 만들어 내는 작은 기적들을…….

　얇은 가슴에 온 세상을 품고 계신 시어머니와 함께라면 일상이 백 배는 즐겁고 천 배는 행복합니다.

아들과 함께 한 중국 여행

초등학교 3학년인 아들이 언젠가부터 평소와 다른 행동을 보이기 시작했습니다. 무슨 말을 시켜도 고개만 푹 숙인 채 대꾸도 하지 않고, 학교에서 오면 제 방에 콕 틀어박혀 애벌레처럼 이불을 돌돌 말고 있습니다. 하는 양을 보고 있으면 분통이 터질 지경이었지요.

"도대체 뭐가 불만이니? 말을 해야 알지!"

나는 친구들을 만난 자리에

서 아들에 대한 푸념을 늘어놓
았습니다. 그러자 하나같이 동
반 여행을 추천하더군요.

"그러고 보니 아들하고 단 둘
이 여행을 간 적이 한 번도 없네. 그래, 함께 떠나보는 거야."

중국 여행을 위해 보란 듯 여권을 만들고 가방을 싸고…….
심지어 공항에 도착해서까지도 아들은 어디를 가는지조차 묻
지 않았습니다. 속에서 천불이 났지만 즐거운 여행을 위해 꾹
참았습니다. 꽁하니 입을 다물고 있던 아들이 말을 시작한 건
베이징에 도착하면서부터였지요.

"우와, 중국이네! 엄마, 우리 만리장성도 가요?"

"응."

아들의 말문을 틔우기 위해 되도록 대답은 짧게 하고, 절대

질문은 하지 않았습니다. 중국 땅에 머무는 시간이 길어질수록 아들은 수다쟁이로 변해갔습니다.

"엄마, 책에서 보는 거랑 진짜 많이 달라요. 훨씬 크고 웅장해요! 길도 엄청 넓고 차도 정말 많아요. 어, 저기 보세요! 제가 아는 한자예요. 우와, 여기엔 한글로 쓴 간판도 있네? 헤헤……."

처음 접해보는 외국여행이 새롭고 흥미로워서일까요. 아들은 애벌레처럼 잔뜩 웅크리고 있던 어깨를 펴고 날갯짓하는 한 마리 나비가 되어 중국 거리를 활보했습니다. 짧지만 알찬 여행의 마지막 밤이 찾아오고…… 나는 뜻 깊은 마무리를 위해 아들에게 종이 한 장을 건넸습니다.

"엄마에게 바라는 점이 있다면 여기다 솔직하게 써 줄래? 엄만, 네 마음을 알고 싶어."

묵묵히 종이를 받아든 아들은 하얀 종이에 까만 글씨로, 말로

하기 힘든 속내를 표현했습니다.

"죄송해요. 저도 다른 하고 싶은 게 많은데 엄마가 자꾸 공부만 하라니까 많이 힘들었어요. 제가 알아서 공부할 수 있게 믿고 지켜봐주시면 안 될까요? 앞으론 걱정 끼치지 않고 공부 열심히 할게요. 엄마와 함께 한 여행, 정말 좋았어요. 늘 고맙습니다."

세상 모든 엄마가 그렇듯, 자식 잘되길 바라는 마음에 이런저런 잔소리를 했던 건데, 그런 내 행동이 아들에게는 관심이 아니라 간섭이었던 것입니다.

아들과 함께 한 3박 4일 동안의 중국 여행……. 참교육의 갈림길에서 잠시 길을 잃은 내게, 그 때문에 방황을 하던 아들에게, 서로를 진심으로 이해할 수 있게 길잡이가 되어준 시간이었습니다.

49 빼기 19

  한 아이가 유독 뺄셈에 약해서 학교 선생님을 애먹였습니다. 아이는 아주 간단한 뺄셈 문제를 항상 틀렸습니다.

  "존, 49에서 19를 빼면 몇이지?"

  "49입니다."

"그럼 17에서 3을 빼면?"

"17이오."

"또 틀렸구나, 답은 14란다."

"아니에요. 17이 맞아요."

선생님은 틀린 답을 몇 번이나 바로잡아 주었지만, 아이는 자신의 계산이 왜 잘못됐는지 이해하지 못했습니다.

"49에서 19를 빼는데 어떻게 30이지? 49가 맞는데 왜 다들 30이라고 하는 걸까……."

아이는 답답한 심정을 일기장에 담았습니다. 우연히 그 일기를 본 아버지가 깜짝 놀라 아들에게 물었습니다.

"존, 넌 49빼기 19는 49라고 생각하던데…… 왜 그런지 설명해줄 수 있겠니?"

아이는 아버지에게 자신의 생각을 표현했습니다.

"그건 말이죠, 뺀다는 것은 그 자체가 없어진다는 의미이기 때문이에요. 49와 19가 있는데 거기서 19를 빼버리면 49만 남잖아요. 빼는 수가 무엇이든 그것만 사라질 뿐, 본래의 숫자는 그대로 존재하는 게 맞지 않나요? 아버지, 제 생각이 정말 틀린 거예요?"

아버지는 아들의 얘기에 진심으로 동조해주었습니다.

"그렇게 깊은 원리가 숨어있는지 미처 몰랐구나. 아빠도 네 말이 맞다고 생각한단다. 하지만 말이다, 모든 사람들이 너처럼 생각하는 건 아니란다. 그래서 서로 소통할 수 있게 약속을 정했지. 수를 계산하는 법도 하나의 약속이지. 그러니 존, 사람들과 있을 땐 49빼기 19는 30이라는 약속을 지키면 어떨까?

대신 그 답이 49라는 것을 혼자서는 더 연구해도 좋아, 존."

아이는 그제야 49빼기 19가 30이라는 것을 받아들였습니다. 아버지는 아이의 생각이 틀렸다고 윽박지르지 않았습니다. 오히려 독특한 사고를 존중했습니다. 아버지는 사려 깊은 태도로 아들을 이끌어 훗날 영국을 대표하는 사상가로 키웠습니다.

그가 바로 철학자이며 정치경제학자로 방대한 저술과 업적을 남긴 '존 스튜어트 밀'입니다.

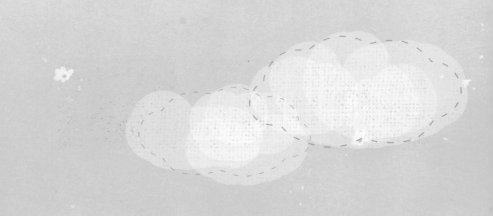

"자네가 그린 것은 비바람이 불면 쓰러질 아름다움이지.
하지만 폭풍 속 갈매기는 가장 힘든 순간을 꿋꿋이 견뎌내고 있었지.
그게 바로 어떤 경우에도 쓰러지지 않을 진짜 아름다움이야."

2

삶을 행복하게 만드는 지혜
또 다른 깨달음

아이처럼 생각하기

몇 년 전 여름, 아내에게 그림을 배우는 초등학생 아이들이 방학을 맞아 우리 집에서 야영을 하게 됐습니다. 아내가 짜놓은 일정표대로 아이들은 서너 명씩 조를 짜서 합동 그림을 그렸습니다. 이어진 요리 시간에는 직접 음식을 만들어 먹고, 저녁 무렵에는 개울가에서 물고기와 가

재도 잡고, 너른 대청마루에서 숨은 장기를 겨루는 즐거운 시
간도 가졌습니다.

순수한 동심에 젖고 맑은 자연에 취하는 한여름 밤의 마지막
순서는 내가 이끄는, 이름하야 '추리극장'이었습니다. 어두컴
컴한 마당에서 펼쳐지는 으스스한 이야기에 아이들은 바싹 귀
를 기울였습니다.

"옛날 옛날 어느 깊은 산골 허름한 집에, 힘 세고 성질이 사
나운 고양이가 살고 있었어요. 세상에서 가장 값진 보물을 지
키는 수호고양이였지요."

밤이 깊어갈수록 아이들도 얘기에 점점 빠져들었습니다.

"무서운 고양이 때문에 사람들은 보물을 가질 수가 없었는데, 그렇다면 정말 보물을 얻을 수 있는 방법은 없을까?"

아이들은 이야기 속의 주인공이 되어 온갖 묘안을 짜냈습니다.

"저라면 몽둥이로 고양이를 혼내줄 거예요."

핵폭탄 한 방이면 힘센 고양이도 벌벌 떨 거라는 아이, 약으로 고양이를 잠재우겠다는 아이……. 각양각색의 대답이 쏟아졌습니다.

"그런데 말이다, 녀석은 그 어떤 무기나 약에도 끄떡없는 천하무적인데 어쩌지?"

딱히 이렇다 할 해결책이 나오지 않자 슬슬 흥미를 잃어가는

눈치였습니다.

"그럼 고양이한테 보물을 얻는 방법은 없는 건가요?"

"그렇지 않아. 방법은 있단다."

말은 그렇게 했지만 나 또한 방법을 몰라 진땀이 흘렀습니다. 모두가 끙끙대며 해답을 찾던 그때, 한 아이가 큰 소리로 외쳤습니다.

"고양이랑 친해지면 되잖아요. 사랑하는 친구 사이가 되면 고양이가 보물을 줄 거예요."

무릎을 탁 치게 만드는 명쾌하고 통쾌한 답이었습니다.

"그래, 맞다. 고양이에게 사랑을 주면 되겠구나. 사랑하는 마음은 아주 귀한 보물을 얻을 수 있게 하는 힘

이 있지. 그러니, 너희도 항상 친구를 사랑해야 한다. 알았지?"

"네에!"

아이들의 우렁찬 대답이 달 밝은 밤을 쩌렁쩌렁 울렸습니다. 아이처럼 생각하고 사랑하는 순수한 마음……. 그것이 삶의 모든 문제와 고민을 속 시원히 풀어주는 지혜가 아닐까 생각합니다.

친절의 가치

너그럽고 인자한 아버지가 자신을 붕어빵처럼 닮은 아들과 함께 신발 가게에 갔습니다. 아들의 열일곱 번째 생일을 맞아 선물을 사 주기 위해서였습니다. 모양도 색도 기능도 다양한 수백 개의 신발을 보자 아들은 눈이 초롱초롱 빛났

습니다. 아들은 제법 신중하게 살피고 꼼꼼히 따져본 뒤, 마음
에 드는 신발을 골랐습니다.

"우와, 멋지다. 헤헤헤, 아버지, 저 이걸로 할래요."

"그래라……. 저기요, 이 구두 얼마죠?"

"삼 만 오천 원인데요."

손님이 들어와도 본 체 만 체, 무엇을 물어도 건성건성…….
아버지는 껌을 짝짝 씹으면서 삐딱하게 앉아 있는 점원의 폼이
눈에 거슬렸습니다.

"쩝쩝, 마음에 드시면 이천 원 정도 깎아드릴게요."

점원의 무례한 태도를 참을 수 없었던 아버지가 아들에게 단
호히 말했습니다.

"애야, 여기서 얼른 나가야겠다. 구두 그만 벗어라."

"어어, 아버지 왜 그러세요? 전 이 구두가 맘에 드는걸요."

아들은 아쉬운 표
정을 지었지만 아
버지는 뒤도 안 돌
아보고 성큼성큼
가게 문을 박차고

나갔습니다. 아들도 순순히 아버지의 뒤를 따랐습니다. 거리로 나선 부자는 다음 골목에 있는 신발 가게로 들어갔습니다.

"있다, 헤헤헤."

아들은 거기서 조금 전 본 것과 똑같은 구두를 발견했습니다.

"그 신발이 마음에 드시나 봐요. 센스가 좋으시네요."

젊고 인상이 밝은 점원은 꼬박꼬박 존대하며 어린 손님을 깍듯이 대우했습니다.

"가격은 삼만 오천 원입니다. 신발에 하자가 있을 땐 언제든지 가져오세요. 바로 교환해 드릴게요."

손님을 맞는 말씨나 태도가 친절하고 상냥한 젊은 점원을 흐

뭇하게 바라보던 아버지는 흥정도 하지 않고 그 즉시 구두 값을 치렀습니다. 아들은 신발을 들고 가게를 나오면서 아버지에게 궁금한 것을 물었습니다.

"아버지, 첫 번째 가게보다 이천 원이나 비싼데, 굳이 이 집에서 사신 이유가 뭐예요?"

아버지가 껄껄 웃으며 대답했습니다.

"얘야, 우리는 이 가게에서 이천 원으론 어림도 없는 친절을 대접받았잖니. 남으면 남았지 절대 손해본 장사가 아니란다."

돈으로 살 수 없고 돈과는 비교할 수 없는 친절한 미소의 가치……. 아버지와 아들은 구두 한 켤레를 사면서 돈보다 더 값지고 더 소중한 것을 가슴에 품고 집으로 돌아갔습니다.

우리 딸 웃음 찾기

　　백일 된 딸애를 유모차에 태우고 은행에 갔을 때의 일입니다. 아이를 옆에 두고 이런저런 일을 보고 있는데, 한 아주머니가 유모차 안을 들여다보며 딸에게 인사를 건넸습니다.

　　"아가야, 안녕! 까꿍!"

아기가 참 귀엽다며 몇 번 눈을 마주치는가 싶더니, 아주머니는 이내 숙였던 허리를 곧게 펴고 내 옆을 스치듯 지나가며 혼잣말을 중얼거렸습니다.

"무슨 애기가 웃지도 않냐⋯⋯."

말 못하는 갓난아기가 뭘 안다고 잠깐 보고 웃네 마네 하는지, 기분이 언짢았습니다. 며칠 전 사진관에서도 웃지 않는 딸

때문에 백일 사진을 찍느라 애를 먹었습니다. 사진관을 세 번이나 들락날락했지만 결국 딸이 웃고 있는 사진은 한 장도 건지지 못했습니다. 인상파 공주님의 사진뿐이었지요.

대수롭지 않은 일이라고, 아기들은 원래 잘 웃지 않는다고 그렇게 스스로를 위안해봤지만 마음 한구석이 석연치 않았습니다.

"우리 딸은 도대체 왜 안 웃는 거지? 이유가 뭘까? 이러다 평생 얼음공주로 불리면 어쩌나? 영영 웃지 않는 건 아닐지⋯⋯."

덜컥 겁이 나서 책을 뒤져봤지만 답을 찾을 수 없었습니다. 속상한 나머지 나는 친정 엄마와 전화 통화를 하면서 하소연을

늘어놓았지요.

"엄마, 우리 딸은 왜 웃지 않는 걸까요?"

"엄마가 만날 인상 쓰고 있는데 애가 뭘 보고 배울까……."

엄마에게 한 소리 들을 때만 해도 말도 안 되는 얘기라고 생각했는데, 하루는 딸을 안고 거울 앞에 섰다가 경악을 금치 못했습니다. 거울에 비친 우리 모녀 모습을 보고 나도 모르게 툭 튀어나온 한마디……. "정말 똑같다!"

불만 가득한 눈매와 피곤에 찌들어 처진 입술……. 딸아이 얼굴이 나와 어찌나 빼다 박아났는지, 판박이가 따로 없었습니다. 초보 엄마들이 다 그렇겠지만 아기를 낳고 키운다는 것이 왜 이리 힘든지, 나의 얼굴은 항상 흐림이었지요. 그런데 딸아이가 그 찡그린 표정을 그대로 닮을 줄이야…….

"윽……. 안 돼, 안 돼. 이건 아니야. 내가 어쩌자고, 물려줄 게 없어서 이런 찡그린 인상을 물려주다니……. 이제부터라도

웃고 사는 거야. 딸한테 웃는 얼굴을 찾아줘야 해."

그렇게 생각을 바꾼 후, 아기를 대하는 나의 태도에 변화의 바람이 불었습니다. 수시로 딸의 이름을 부르며 웃는 얼굴로 안아주고 또 안아주고, 평상시에도 일부러 크게 웃고……. 웃음 천국을 만들어주려고 여러모로 애를 썼다고 할까요.

얼마 후 다시 은행을 찾았을 때, 이번엔 은행 직원이 아이에게 까궁 하고 인사를 했습니다. 과연 딸아이의 반응은 어떨까 궁금했는데, 잇몸까지 드러내며 까르르 하고 웃는 게 아니겠어요! 하늘을 날아갈 듯 기분이 좋았습니다.

웃음이 주는 매력, 일순간에 덩달아 웃게 되는 전염성이 아닐까 생각합니다.

아름다움을 보는 눈

　　　고대 그리스의 거지 철학자로 이름을 높인 디오
게네스는 청렴을 생명으로 삼고 탐욕을 멀리한 사상가였습니
다. 옷 한 벌과 지팡이 한 자루가 전부인 떠돌이 철학자 디오
게네스.

　하루는 그가 마을에서
제일가는 부자의 집에
초대를 받았습니다. 부
자는 인색하기 짝이 없

는 수전노였습니다. 재물을 긁어모을 줄만 알았지 좋은 일에 쓸 줄은 모르는 졸부였지요. 그가 지갑을 여는 유일한 순간은 가족을 위해서뿐이었습니다. 그렇게 욕심 많은 부자의 초대를 받은 디오게네스는 궁궐 같은 집 안을 둘러보며 말을 잇지 못했습니다. 대리석으로 꾸민 실내, 번쩍이는 가구와 금빛 장식품……. 디오게네스가 놀란 표정을 짓자 부자는 생각했습니다.

'훗, 천하의 디오게네스도 내 화려한 집을 보니 부러운 모양이군…….'

한껏 들뜬 부자는 늘어지게 재산 자랑을 했습니다.

"난 수단과 방법을 가리지 않고 돈을 모았다네. 그리고 한 푼

도 쓰지 않았지. 절대 지갑을 열지 않았단 말일세. 자네도 내 금고에 가득한 금은보화를 보면 눈이 휘둥그레질걸세. 하하하하하!"

부자의 얘기에 별다른 반응이 없던 디오게네스가 갑자기 주위를 두리번두리번 살피더니 입을 우물우물대기 시작했습니다. 그러더니 부자의 얼굴에 퉤 하고 침을 뱉었습니다.

"윽! 지금 뭐하는 짓인가?"

부자가 발끈하자 그가 씩 웃으며 말했습니다.

"미안하네. 실은 아까부터 침을 뱉고 싶었는데 집 안이 너무 깨끗하고 훌륭해서 뱉을 데가 있어야 말이지, 허허허."

그는 부자의 얼굴을 가리키며 말을 이어갔습니다.

"그런데 침을 뱉을 곳이 딱 한 군데 있더군. 바로 자네 얼굴

일세. 욕심으로 가득 찬 자네 얼굴이야말로 쓰레기통하고 뭐가 다르겠는가? 허허허허."

디오게네스의 예리한 지적에 가슴이 뜨끔했던 부자는 얼굴을 붉혔습니다.

아름다운 외형보다 인간적인 행동이 더 빛을 발하고 화려한 겉모습보다 진실한 내면이 더 가치를 갖는 것…… 다른 사람을 존중하고 사랑하는 마음이 세상을 밝게 만드는 진정한 아름다움인 것입니다.

한 박자 천천히

　　어릴 때부터 나는 유별난 성격으로 유명했습니다. 공부든 놀이든 남들보다 앞서야 직성이 풀리는 아이였지요. 그래서 독서실 붙박이 생활은 대학에 들어가서도 계속됐습니다. 친구들보다 먼저 취업해야 하는 내게 캠퍼스의 낭만과 자유는  거추장스러울 뿐이었습니다. 누가 뭐라 해도 그런 일상이 내게는 행복이었으니까요. 그 결과, 나는 보란 듯이 조기졸업을 했고 당당히 대기업에 취직했습니다.

　사회에 나가서도 성공을 향한 나의 질주는 멈추지 않았습니다. 동기들을 제치고 승진하려면 잠자는 시간도 아까웠지요. 치열한 삶의 현장에서 살아남기 위해 모든 시간을 쏟았습니다.

　그런데 뭐가 문제일까요. 앞서 나가려고 하면 할수록 자꾸만 뒤처지는 듯한 이 기분……. 근무 평점도 낮고, 칭찬과 인정도 나와는 먼 얘기였습니다. 지금까지의 내 삶의 방식이 직장에서는 전혀 통하지 않았습니다. 이대로 낙오자가 될지도 모른다는 불안감에 매일 밤 악몽에 시달렸지요.

　하루하루가 답답하고 무력해서 견딜 수 없던 어느 날, 회사 사람들과 두루두루 좋게 지내며 실력까지 인정받고 있는 선배

에게 속마음을 털어놓게 되었습니다.

"정말 최선을 다해서 일하는데…… 왜 자꾸 더 꼬이는지 이유를 잘 모르겠어요."

선배는 진심 어린 충고를 해주었습니다.

"그거 알아요? 미영 씨는 얼굴에 항상 불안한 표정을 달고 사는 거……."

선배는 평소의 내 모습이 툭하고 건드리면 금방이라도 와르르 무너질 듯 위태로워 보인다고 했습니다.

"다른 사람보다 먼저 성공하는 게 뭐 그리 중요해요. 성공도 함께할 때 빛나는 거예요. 더불어 사는 삶을 받아들이고 마음

을 열어봐요."

선배는 사람들과 어울리며 한 박자 쉬어가는 여유를 강조했습니다.

"일찍 핀 꽃이 빨리 시들고 먼저 자란 나무가 서둘러 베이기 마련이죠. 마음의 여유를 갖고 현재를 충분히 즐기면서 일해요. 진짜 실력은 그런 거예요, 미영 씨."

혼자만 성공하면 된다는 나의 이기적인 생각이 사회생활에 엇박자를 놓았던 것입니다. 날마다 무르익어가는 열매처럼, 살아가는 데 있어 가장 중요한 것은 사람들과 조화를 이루며 한 박자 쉬어가는 여유였습니다.

기름진 땅 황폐한 땅

중국 춘추전국시대의 초나라는 남방의 최대 강국
이었습니다. 초나라가 대국의 위업을 떨칠 수 있었던 것은 장
왕을 잘 보필하고 섬긴 명재상 손숙오의 공로 덕이었습니다.
그는 왕에게 충성하고 헌신했으며, 나라가 위기에 처할 때마다
뛰어난 계책으로 수많은 전쟁을 승
리로 이끌었습니다. 장왕은 큰
공을 세운 손숙오에게 기름지고
넓은 땅을 하사하고 싶어했습니

다.˚하지만 손숙오는 받지 않았습니다.

"폐하, 저는 그 땅을 받을 수 없습니다. 부디 그 뜻을 거두어 주옵소서."

부귀와 권력을 멀리한 대인, 손숙오. 그는 중병에 걸려 죽음을 눈앞에 두었을 때도, 훗날의 일을 훤히 내다보듯 아들에게 이렇게 당부했습니다.

"아들아, 내가 죽으면 왕께서 네게 땅을 주시려고 할 것이다. 너는 받지 않겠다고 하여라. 그래도 주시겠다고 하면 '침이'를 달라고 하여라."

침이는 거칠고 척박해서 누구도 탐내지 않는 국경 지역의 땅

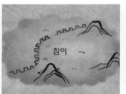

이었습니다.

"아들아, 그 땅이라면 오래오래 간직할 수 있을 게다."

그것이 손숙오의 마지막 유언이었습니다. 손숙오가 예견한
대로, 장왕은 그의 아들을 불러 땅을 주겠다고 했습니다. 아들
은 수차례 거절했지만, 이번만큼은 장왕도 뜻을 거두지 않았습
니다. 아들은 하는 수 없이 아버지가 일러주신 대로 '침이'를
달라고 했습니다.

"그 땅은 황량하고 척박하기가 그지없느니라. 그런데도 원한
단 말이냐?"

"예, 폐하……."

비록 가치가 적은 땅이긴 하나, 장왕은 그렇게 해서라도 손숙오의 공적을 기리고 싶었습니다. 그 후, 외적의 침입과 잦은 왕권교체로 피비린내 나는 권력 다툼이 일어나면서 좋은 땅을 가진 귀족들과 신하들은 멸문지화를 면치 못했습니다. 하지만 손숙오의 후손은 유일하게 그 화를 피해갔습니다. 위패왕에게 받은 봉지를 유지하면서 가문을 지킬 수 있었던 것은, 다른 사람들의 질투를 사지 않았기 때문이었습니다.

사람은 자신보다 더 많이 가진 자를 시기하고 질투하는 법…… . 높은 위치에 오를수록 더욱 몸가짐을 바르게 했던 손숙오. 그의 현명한 처세술이 가문을 지키고 후손들에게 귀한 유산을 물려준 것입니다.

밤 한 톨의 희망

　　많은 사람들이 땅을 일구어 농사를 짓고 살던 먼
옛날. 열세 살의 어린 신랑이 열두 살의 어린 신부를 맞았습니
다. 그는 물려받을 논밭 하나 없는 가난한 집안의 장남이었습
니다. 부부는 다 쓰려져가는 허름한 집에서 병든 아버지를 정
성으로 모시고 살았지요. 그나마 남은 재
산이라곤 밤나무 몇 그루가 덩그러니
있는 민둥산뿐이었지요. 꼬마 신랑은
신부와 함께 산에 가서 밤 일곱 말을

94

주어왔습니다. 쌀이
귀하던 시절이었지만,
쌀값을 웃도는 것이 밤
값이었습니다.

"여보, 밤을 팔아서
쌀을 사면 되겠어요."

"이 밤은 따로 쓸 데가 있소."

피죽도 못 먹는 가난한 형편이었지만 어린 신랑은 쌀보다 귀한 밤을 무려 다섯 말씩이나 땅에 묻어버렸습니다. 부부는 밤 두 말로 가을을 보냈고, 언 땅에서 칡뿌리를 캐 먹으면서 겨울을 지냈습니다. 그렇게 굶어 죽기 직전인데도 꼬마 신랑은 부엌에 묻어둔 밤 다섯 말은 들여다보지도 꺼내보지도 않았습니다.

이윽고 따뜻한 봄이 왔습니다. 촉촉하게 기름진 봄 산 여기저기에 신랑은 지난가을에 묻어둔 밤 다섯 말을 심었습니다. 마

을 사람들은 신랑의 행동을 비웃었습니다. 심지어 해마다 봄이 되면 놀림조로 물었습니다.

"여보게 재작년에 심은 밤은 많이 땄는가?"

"아니요, 그렇지만 언젠가는 딸 날이 오겠지요."

사람들의 비아냥에 가까운 질문과 신랑의 묵묵한 대답이 오고가기를 십여 년……. 사람들은 비로소 신랑의 깊은 뜻을 이해했습니다.

"저 밤나무 좀 보게. 언제 저리 컸는지……."

그렇게 또 삼십 년이 흐르고, 가난한 꼬마신랑은 밤나무 부자가 되었습니다. 그가 쉰 살이 됐을 무렵, 그 사이 아들을 낳아 장가도 보내고 손자손녀도 얻었습니다. 어느덧 할아버지가 된 그는 해마다 가족들과 함께 산에 올라가 나무를 심었습니다. 그는 그때마다 지난날을 이렇게 회상했습니다.

"그 시절, 아무리 배가 고파도 밤을 먹지 않은 이유가 있었단

다. 밤 한 톨을 화로에 묻는 것과 땅에 묻는 것은 아주 큰 차이가 있기 때문이지. 화로에 묻으면 당장 한 사람의 입이 즐겁지만 산에 묻으면 거기서 일 년 열두 달 화로에 묻고도 남을 밤이 평생토록 나오기 때문이지. 허허허허허."

배를 주리면서까지 그가 지켜낸 밤 한 톨의 희망…… 당장 눈앞에 닥친 일에 연연하지 않고 더 먼 미래를 바라보고 씨를 뿌리는 지혜였습니다.

엽전과 새끼줄

옛날 어느 고을의 원님이 지혜롭기로 유명했습니다. 원님은 성품이 어질고 마음이 인자해서 아랫사람을 부리는 수완 또한 너그러웠습니다. 마당쇠와 수돌이는 원님이 부리는 일꾼이었습니다. 동갑내기 친구인 두 사람은 농사일이나 마당

청소 같은 크고 작은 일을 나눠서 했습니다.

원님은 작은 일도 최선을 다하는 성실성을 가장 중요하게 생각했습니다.

"네 일 내 일 따지지 말고 둘이 서로 도와가며 열심히 일해야 한다."

"예에……." 마당쇠는 부지런하고 정직한 일꾼이었습니다. 하지만 게으르고 행동이 굼뜬 수돌이는 잔꾀를 부려 자기가 해야 할 일도 마당쇠에게 떠넘겼습니다.

"으흠……." 그 모든 것을 알면서도 모른 척 넘어가던 원님이 하루는 두 사람에게 똑같이 볏짚 한 단씩을 주면서 일을 맡겼습니다.

"내가 긴히 쓸 곳이 있으니 이 볏짚으로 새끼를 꼬아놓거라. 되도록 가늘고 길게 꼬아야 한다."

원님이 이른 대로 마당쇠는 자리에서 꿈적하지 않고 가늘고

길면서도 튼튼한 새끼줄을 만들었습니다. 그 옆에서 수돌이는 일을 대충 끝내놓고 늘어지게 잠만 잤습니다. 하루 일과가 끝날 무렵, 두 사람은 각자의 새끼줄을 원님 앞에 바쳤습니다. 가늘고 길면서도 촘촘하고 단단하게 엮은 새끼줄은 마당쇠의 것이었고, 수돌이가 얼기설기 꼰 새끼줄은 한눈에 봐도 굵고 느슨하여 형편없어 보였습니다. 원님은 별다른 말 없이 두 사람에게 엽전 한 꾸러미를 내놨습니다. 그리고 이렇게 일렀습니다.

"너희가 꼬아놓은 새끼줄에 이 엽전을 꿸 수 있을 만큼 꿰어서 가져가도록 하여라. 이것이 오늘 너희의 품삯이니라."

　마당쇠의 새끼줄은 가늘고 길면서도 튼튼하고 세밀해서 수십 수백 개의 엽전을 꿰기에도 너끈했습니다. 품삯을 두둑이 챙긴 마당쇠는 콧노래를 불렀지만 수돌이의 얼굴은 울상이 되었습니다. 새끼줄이 너무 굵은 데다 엉성하고 부실해 도무지 엽전을 꿸 수가 없었기 때문이었지요. 품삯을 넘치게 받고 신이 난 마당쇠의 뒤를 따라 수돌이는 빈손으로 집에 돌아갔습니다.

바다 위의 갈매기

고즈넉한 바닷가 카페에서 두 화가가 만났습니다. 그들은 세상에서 손꼽히는 실력가들로, 향긋한 차를 마시며 그림에 대해 다양한 생각을 나눴습니다. 긴긴 이야기의 끝은 두 사람의 약속으로 마무리됐습니다. 세상에서 가장 아름다운 장면을 그림으로 그려 일 년 뒤, 같은 자리에서 다시 만날 것을 기약했던 것입니다.

"일 년 뒤에 보세."

"허허허."

어느덧 약속 시간이 흘러 두 화가는 기쁘게 재회했습니다. 그런데 각자의 작품을 펼쳐 보인 그들은 놀라움을 감추지 못했습니다. 두 사람이 그림으로 표현한 세상에서 가장 아름다운 장면이 판이하게 달랐기 때문이었습니다. 한 화가가 먼저 말을 꺼냈습니다.

"나는 아름다운 저녁노을이 지는 평화로운 시골 마을의 정경을 그렸다네."

노을이 붉게 물든 마을에는 귀여운 아이들이 정답게 뛰놀고, 황금빛 들녘에는 착한 농부들이 땀 흘려 농작물을 수확하고……. 그 정겨운 시골 풍경이, 먼저 말을 꺼낸 화가의 눈에는

세상에서 가장 아름다운 모습이었던 것입니다.

"그런데 자네 그림은 전혀 뜻밖이군. 이런 거친 모습이 어찌 아름답다는 거지?"

의아해하는 상대에게 또 다른 화가는 이렇게 설명했습니다.

"나도 처음에는 자네와 비슷한 그림들을 그렸다네."

그러던 어느 날, 한적한 바닷가 풍경을 화폭에 담고 있던 중 화가는 폭풍우를 만났습니다. 비바람이 세차게 몰아치고 파도가 거세게 밀려드는 캄캄한 저녁 바다……. 서둘러 몸을 피하려던 그때, 그의 눈에서 광채가 번뜩였습니다. 금방이라도 바다에 잠길 듯한 바위 위에 우뚝 서서 파도와 맞서는 갈매기 한 마리.

'아, 그래. 바로 저거야.'

그 길로 집에 돌아온 그는 이전에 그린 그림들을 하나도 남김 없이 찢었습니다. 그리고 곧바로 눈 속에 담아온 갈매기의 모습을 그리기 시작했지요.

"자네가 그린 것은 비바람이 불면 쓰러질 아름다움이지. 하지만 폭풍 속 갈매기는 가장 힘든 순간을 꿋꿋이 견뎌내고 있었지. 그게 바로 어떤 경우에도 쓰러지지 않을 진짜 아름다움이야."

위기에 처했을 때 그 순간을 피하지 않고 두려움에 맞서는 용기. 그것이 바로 삶의 가치를 빛나게 하는 진정한 아름다움이었던 것입니다.

마음을 다스리는 방법

산수가 수려하고 경치가 아름다운 어느 대중처소에서 젊은 수행자가 공부를 하고 있었습니다.

"아휴, 풍경 소리가 왜 저리 요란한지……. 스님들 비질 소리는 어떻고……."

주변이 산만해서 고요한 경지에 들어갈 수 없다고 판단한 수행자는 대중처소를 떠나 깊은 산속으로 들어갔

습니다. 그리고 다행히 산속 큰 바위 밑에서 동굴을 발견했습니다. 그곳에서 고요함을 즐기며 정진하고 있던 중, 이번에는 동굴 천장에서 똑똑 떨어지는 물방울 소리가 귀에 거슬렸습니다. 나중에는 그 소리가 점점 커져 천둥소리처럼 크게 들리는 것이었습니다. 수행자는 할 수 없이 그곳을 떠나 아무도 없는 큰 나무 밑으로 옮겼지만, 이번엔 어디에선가 날아와 지지배배 노래하는 새 한 마리 때문에 도저히 집중할 수가 없었습니다.

"아, 시끄러워……."

숲 속에 사는 새소리와 풀벌레 소리도 산길 사이로 흐르는 시냇물 소리도 그에게는 명상을 방해하는 소음에 지나지 않았습

니다. 그는 더 조용한 곳을 찾아서 이번엔 갈대숲으로 들어갔습니다. 갈대숲에서는 동굴에서처럼 물방울 소리도 들리지 않았고, 나무 밑처럼 새들도 울지 않았습니다. 정말 조용한 곳이었습니다. 그는 그곳에서 마음의 평온을 찾고 수행에 열중하는 듯했으나, 바람이 불자 이내 발끈해서 소리쳤습니다.

"으악! 도저히 참을 수 없어……."

바람결에 갈대들이 사각대며 부딪히는 소리가 어찌나 스산한지 그 어떤 소리보다도 더 신경이 거슬렸던 것이었습니다. 수행자는 홧김에 갈대숲에 불을 지르려고 했지만, 마침 역풍이 불면서 뜨거운 불길이 오히려 그를 덮쳤습니다.

여기저기 화상을 입고 겨우 큰 절로 돌아와 누워 있는 그를 위로하기 위해 큰스님이 찾아왔습니다. 그리고 자초지종을 들은 후 조용함에 대한 말씀을 해주셨습니다.

"조용함은 밖에서 얻을 수 있는 것이 아니지요. 진실로 조용

함을 얻고자 한다면 환경을 바꾸려 하지 말고 그 마음을 고요
하게 해야 합니다. 마음이 조용해진 사람은 저잣거리에 있어도
고요함을 잃지 않지만, 마음이 시끄러운 사람은 조용한 선방에
있어도 조용함을 얻지 못하는 것입니다."

수행이란 잡념을 떨치고 본래의 참마음으로 돌아가는
것……. 텅 빈 마음에 울림이 더 크듯, 마음을 비우면 욕심도 화
도 그 어떤 감정도 느껴지지 않는 평안한 상태에 이른다는 것
이 큰 스님의 가르침이었습니다.

마음을 움직이고 싶다면

사륜마차를 타고 여행을 하던 긴 순례 행렬이 한
적한 시골에서 갑자기 가던 길을 멈췄습니다. 좁은 길을 가로
막은 거대한 물체, 다름 아닌 마을의 황소 때문이었습니다.

길 한가운데 떡하니 버티고 앉아 순례자들의 발목을 붙든 황

110

소를 들판으로 옮기는 일에 힘 좋은 장정들이 나섰습니다.

"으라차차차, 어이차, 윽⋯⋯."

여럿이 힘을 합쳤지만 그 고집 센 동물을 옮기기에는 턱없이 부족했습니다.

"어휴, 너무 무거운걸. 우리 힘만으로는 안 되겠어⋯⋯."

한시바삐 목적지를 향해 가야 하는 순례자들은 조바심이 났습니다. 그들은 황소를 몰아내기 위해 머리를 맞댔습니다.

"목에 밧줄을 묶어서 끌어내면 어떨까요?"

밧줄을 이용해 끌어도 보고, 돌을 던져 건드리기도 하고, 철 썩철썩 엉덩이도 때려봤지만, 오히려 황소를 더욱 뿔나게 하는

꼴이었습니다.

"어쩐다, 이 녀석 때문에 한발짝도 나아갈 수가 없으니……."

황소를 끌어내는 데 젖 먹던 힘까지 쏟아부었던 순례자들은 오도 가도 못하는 상황에 점점 지쳐갔습니다. 황소가 제 의지로 길을 내주는 것밖에 다른 방도가 없어 보였지요. 그때, 상황을 쭉 지켜보고 있던 한 소년이 마차에서 내렸습니다. 소년은 들판으로 가서 건초 한 다발을 모았습니다. 곧장 황소에게 간 소년은 건초 더미를 내밀었지요.

"황소야, 자…… 먹으렴."

소년의 손에 들린 건초를 황소는 맛있게 먹기 시작했고, 소년은 풀을 먹이면서 조금씩 뒷걸음질했습니다. 그러자 온갖 방법을 동원해도 미동조차

않던 황소가 거대한 몸을 일으켜 세웠습니다. 황소가 소년을 따라 움직이면서 드디어 막혔던 길이 뚫렸습니다. 황소 때문에 고민하던 사람들은 소년의 지혜에 경탄했습니다.

"우와, 대단해!"

"이야, 정말 대단해요. 호호."

소년이 보여준 것은 현명하게 장애를 극복하는 방법이었습니다. 고집 센 황소를 움직이게 한 힘……. 그것은 모진 처사가 아닌 지혜로운 친절이었습니다.

행복한 의자

'춘양목'이라는 나무를 아시나요? 소나무 중에서
도 제1품종으로, 옛날에는 나라에서 특별히 관리할 정도로 뼈
대 있는 나무이지요. 나는 그런 귀한 소나무로 만들어진 탁자
였습니다. 이십 년 넘게 부자 할아
버지의 사랑을 받으며 살던 어
느 날, 할아버지의 죽음으로
나는 하루아침에 처량한 신세
가 되었습니다. 그 아들이 유산

으로 받은 집을 팔면서 나를 길에 내다버렸던 것이지요. 자존심이 팍 상했습니다. 명색이 춘양목으로 만든 탁자를 쓰레기 취급하다니 비참했지요.

"아, 이러다가 영영 쓰레기가 되는 건 아닌지 몰라."

아무도 나를 거들떠보지 않아 몹시 의기소침해 있던 무렵, 은발의 할아버지가 내 앞에서 발걸음을 멈췄습니다. 그러고는 나를 쓰다듬으며 말했습니다.

"조금만 기다려라⋯⋯. 내 곧 돌아오마."

이제야 나의 가치를 알아보는 사람이 나타났다며 우쭐해 있던 그때⋯⋯. 할아버지는 나를 낡아빠진 수레에 싣고 어딘가로 향했습니다.

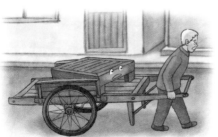

"어어, 할아버지 절 어디로 데려가시는 거예요? 네?"

할아버지가 나를 내려놓은 곳은 버스 정류장 옆에 있는 목공소였습니다. 젊은 목수는 나를 골치 아픈 애물단지 취급했지요. 할아버지는 꼭 쓸 데가 있다며 쓱싹쓱싹 대패질을 하고 뚝딱뚝딱 망치질을 하며 나를 손질했습니다. 하루, 이틀, 사흘, 시간이 흐를수록 조금씩 변해가는 내 모습을 보며 할아버지의 입가에 흐뭇한 미소가 번졌습니다.

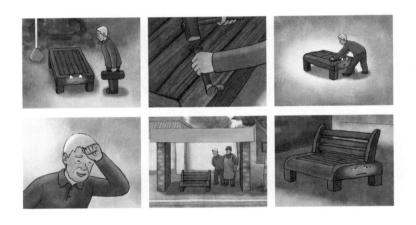

"허허허……."

드디어 나흘째 되던 날. 할아버지는 탁자에서 긴 의자로 변한 나를 버스 정류장 플라타너스 나무 아래에 내려놓았습니다.

"누가 알아준다고 사서 고생을 하세요, 할아버지. 나 참."

그것은 투덜대는 젊은 목수보다 나에게 더 언짢은 일이었지요.

"이래 봬도 내가 우리나라 최고의 춘양목인데. 어떻게 이런 곳에서 먼지나 뒤집어쓰게 만드냐고. 에휴……."

하지만 시간이 갈수록 나는 할아버지에게 고마웠습니다. 버스를 타러 온 사람들에게 나는 더없이 고마운 의자였으니까요.

"이야, 진짜 멋진 의자다. 어디 한번 앉아볼까……."

특히 힘들고 지친 사람들이 나를 더 좋아했습니다.

"아이고, 다리가 아팠는데 잘 됐네. 여기 의자가 생기니까 쭈그려 앉지 않아도 되고 참 좋다."

누군가에게 힘이 된다는 게 이렇게 뿌듯하고 행복한 일일 줄이야……. 이제야 내 자리를 찾은 나는 세상에서 가장 행복한 의자입니다.

"나는 성공을 위해 발명하지 않았습니다.
단지 사랑하는 아내를 행복하게 해주고 싶었을 뿐이었습니다."
일회용 반창고. 그 위대한 발명의 뿌리와 시작은 오직 '사랑'이었습니다.

3

세상을 바꾼 아이디어

위대한 발명

끝없는 도전

백열등을 발명하고 특허수만 무려 천여 종이 넘는 발명의 천재 토머스 에디슨. 목표를 세우고 그것을 이루기 위해 그가 기울인 노력은 실로 위대하고 대단했습니다.

에디슨이 처음 연구를 시작할 당시 전등이 없던 건 아니었습

니다. 다만 켜놓기가 무섭게 꺼져버리고 요란한 소리를 내는 데다가, 빛이 너무 강해서 일상에서 사용하기가 불편했습니다.

"필라멘트가 오래 타려면 무엇보다 먼저 공기가 차단돼야 해."

그는 우선 진공 상태의 유리구를 만들어냈습니다. 오늘날의 전구를 만드는 첫 걸음이었습니다. 필라멘트의 재료만 찾으면 모든 문제가 해결되는 상황이었습니다.

"가능한 모든 재료를 사용해보자. 나무, 종이, 낚싯줄, 옥수수수염……. 머리카락도 좋겠지."

에디슨은 해결 방법을 찾는 길은 오직 실험뿐이라고 확신했습니다. 그렇게 실험에 실험을 거듭하고 수백 개의 유리구를 지켜보면서 수많은 밤을 하얗게 지새우던 어느 날. 탄화된 무명실

로 필라멘트를 만든 전구에서 기적 같은 일이 일어났습니다.

"박사님, 보세요. 이 전구가 서른 시간 넘게 꺼지지 않고 있어요!"

서른 시간도 끄떡없던 전구 불빛은 마흔 시간이 지나서야 사그라들었습니다. 길고 긴 인내의 시간을 보상받는 역사적인 순간이었습니다.

"성공이다, 성공이야! 성공!"

드디어 에디슨의 연구실에서 새로운 빛의 역사가 탄생했던 것입니다. 1년 2개월의 긴 시간, 1,500여 개의 다양한 재료, 만 번이 넘는 실험과 도전이 이루어낸 위대한 결실!

마침내 세상에 연구 결과를 발표하던 날, 기자들은 성공보다 실패했던 시간에 더 많은 관심을 보였습니다.

"셀 수 없이 많이 실패했다고 들었습니다. 포기하고 싶진 않으셨나요?"

에디슨은 당당히 대답했습니다.

"나는 단 한번도 실패하지 않았습니다. 빛을 얻기 위해 수많은 단계를 밟아왔을 뿐이었지요. 그 과정을 통해 나는 날마다 성공에 가까이 다가가고 있었습니다."

세기의 발명왕이라는 이름 아래 인류에게 생활의 편리함을 선물한 토머스 에디슨.

"우연히 얻은 것은 단 하나도 없습니다. 모든 것은 끝없이 노력하고 수많은 실험을 통해 이룩된 것이지요."

어떠한 상황에서도 항상 초심을 잃지 않는 의지와 이룰 때까지 버텨내는 끈기. 그러한 노력 너머에 값진 열매가 있다는 것을 세상에 증명해 보인 사람. 그가 바로 발명왕, 에디슨이었습니다.

성공의 열쇠

학력도 볼품없고 그렇다고 딱히 가진 재능도 없는 한 남자가 형에게 일자리를 부탁했습니다. 유명한 의사였던 형은 병원 부속 요양원에 동생을 취직시켰습니다. 그곳에서 그는 환자를 위한 영양식 개발을 도왔습니다.

　"귀리 가루를 반죽해서 삶은 다음, 저기 롤러 보이지? 저걸로 종잇장처럼 얇게 펴는 일을 하렴. 잘할 수 있지?"

　남자는 그런 대로 일을 잘해주었습니다. 그러던 어느 날, 솥에서 삶은 반죽을 꺼내놓지 않고 그냥 퇴근하는 바람에 예기치 못한 문제가 생겼습니다. 다음 날 아침, 그는 딱딱하게 굳은 반죽과 씨름해야 했습니다. 롤러에 들어간 반죽은 조각조각 부서져 쓸모없게 돼버렸던 것입니다.

　"말라서 이렇게 된 거니까, 혹시 물을 뿌리면 원래 모양대로 돌아오지 않을까?"

　그의 예상과는 달리 수분을 머금은 조각들은 퉁퉁 붇기만 할

뿐이었습니다. 그 상황을 쭉 지켜본 형은 동생에게 크게 실망했습니다.

"너란 녀석이 그럼 그렇지. 흠……. 사고 그만 치고 그것들 당장 갖다 버려!"

망치긴 했지만 막상 버리려니 아까운 생각이 들었습니다.

"아깝다. 꼭 과자 같은데……. 과자처럼 튀겨 봐? 흠…… 그거 좋겠다."

마른 반죽을 살짝 튀겨내자 그럭저럭 먹을 만한 음식이 만들어졌습니다. 먹어본 환자들마다 맛있다며 입을 모아 칭찬했습니다.

"이거 어떻게 만든 거죠? 참 맛있네요."

그는 자신이 만든 과자에 얇은 조각이라는 의미인 '플레이크'라는 이름을 붙였습니다.

"우와, 다들 좋아하니까 나도 기분이 좋은걸? 그래, 이걸로 사업을 해보는 거야."

그 소재로 사업을 하고 싶었던 남자는 형에게 도움을 청했습니다. 십 년을 설득했지만 번번이 거절을 당할 뿐이었습니다. 이런저런 우여곡절 끝에 그는 자신의 힘으로 회사를 설립했습니다. 한 끼 식사로도 손색없는 플레이크는 사람들의 입맛을 단번에 사로잡았습니다. 빠르게 성장하고 발전하면서 세계에서 손꼽히는 경영자로 이름을 드높인 윌 켈로그……. 그는 실수 안에서도 기회를 발견하는 통찰력을 보였고, 주변의 부정적인 시선 속에서도 의지를 굽히지 않는 강건함을 지켰습니다. 그 모든 것이 그를 성공으로 이끈 비결이었습니다.

사랑의 반창고

1900년대 초 미국의 뉴저지 주. 평범한 회사원인 얼 딕슨이라는 사람이 연인 조세핀을 신부로 맞았습니다. 알콩 달콩 깨가 쏟아지는 신혼 생활. 자나 깨나 앉으나 서나, 일을 할 때도 길을 걸을 때도 그는 오로지 아내 생각뿐이었습니다.

"사랑하는 조세핀은 지금쯤 요리를 하고 있겠지……. 오늘은 아무 일 없어야 할 텐데."

일터에서까지 아내 걱정에 좌불안석일 수밖에 없었던 이유는, 아내가 요리를 하다가 종종 손을 다치기 때문이었습니다.

"아, 맛있겠다……. 어, 또 손 다친 거야?"

칼에 베이고 불에 데어서 아내의 고운 손에는 상처가 마를 날이 없었습니다. 그런데도 아내는 행복해했습니다.

"당신을 위해 요리하다가 그런 건데, 이쯤은 아무것도 아니에요, 호호."

눈에 넣어도 아프지 않을 사랑스러운 아내의 손을 치료할 때마다 그는 고민했습니다.

"혼자서도 쉽게 붙일 수 있는 반창고가 있으면 좋을 텐데……."

다친 손에 거즈를 대고 그 위에 붕대를 감고 혼자서 손을 치료한다는 것은 어렵고 불편한 일이었습니다. 자신이 퇴근하고

집에 와야만 상처를 치료할 수 있는 아내를 위해 그는 좋은 방법을 모색했습니다. 의약품 회사에 다니면서 의료 용품을 늘 가까이하던 그에게는 어렵지 않은 고민이었지요.

"반창고 위에 거즈를 미리 붙여놓으면 혼자서도 쉽게 붙일 수 있을 거야."

남은 과제는 반창고를 보관하는 방법이었습니다. 거즈를 대

지 않은 부분은 끈적거려서 먼지가 붙을 게 뻔할 터였으니까요.

"뭐가 좋을까……."

머리를 쥐어짰지만 도무지 답을 찾을 수가 없었습니다.

"조세핀을 위해서라도 꼭 생각해내야 해. 윽…… 분명 좋은 방법이 있을 텐데……. 아, 그러면 되겠다!"

끈적거리는 양쪽 접착 부분에 뻣뻣한 천을 덧댔다가 사용할 때는 쉽게 떼어낼 수 있게 만든 일회용 반창고.

"천만 떼면 바로 붙일 수 있으니까 너무 편한거 있죠! 여보, 고마워요."

그가 만든 최초의 일회용 반창고를 선보이자, 순식간에 세계 적인 인기 상품이 되었습니다. 그는 회사에 큰 공을 세우면서 부회장의 자리까지 올랐습니다. 단번에 부와 명예를 손에 거머 쥔 그는 성공의 비법을 묻자 한결같이 대답했습니다.

"나는 성공을 위해 발명하지 않았습니다. 단지 사랑하는 아 내를 행복하게 해주고 싶었을 뿐이었습니다."

100년이라는 긴 시간 동안 전 세계 사람들의 상처를 감싸주 고 덮어준 일회용 반창고. 그 위대한 발명의 뿌리와 시작은 오 직 '사랑'이었습니다.

편리한 우표

산업혁명의 불길이 전유럽으로 들불처럼 번져나
가던 무렵. 영국의 로랜드 힐이라는 사람이 시골길을 지나다
가 어느 집에서 벌어진 말다툼을 엿듣게 됐습니다. 굳이 돈을
내면서까지 편지를 받고 싶지는 않다는 젊은 여인과 집배원의
실랑이……

당시만 하더라도 우편요금은 모두 후불이었습니다. 무게와
거리에 따라 책정된 배달료를 수취인이 그때그때 지불하게 되
어 있었던 것입니다. 물건을 받는 사람 입장에선 그다지 중요

한 우편물이 아니면 수령하기를 거부하기가 일쑤였지요. 그렇게 허탕 치는 일이 잦아지자 몇몇 집배원들은 적당히 요금을 깎아주고, 회사에는 돈을 받지 못한 것으로 보고한 뒤 자신의 주머니를 불렸습니다. 겉봉에 미리 비밀 암호를 적고 수신을 거부하는 편법도 암암리에 행해졌습니다. 그가 목격한 여자의 모습도 그런 흔한 상황 중 하나였지요.

"저는 약혼자의 편지를 받고 싶지 않으니까, 그냥 도로 가져가세요."

로랜드 힐은 우편요금을 대신 내주고 그 이유를 물었습니다. 여자의 대답은 간단했습니다.

"무슨 내용이 써 있는지 이미 다 알고 있는데 비싼 요금을 물면서까지 받을 필요가 없잖아요."

우편 제도의 모순을 뼈저리게 실감한 그는 연구실에 틀어박혀 해결 방법을 모색했습니다. 오랜 고민과 힘든 연구 끝에 마침내 그는 우편료를 대신할 수 있는 '우표'를 만들었습니다.

"용건이 있는 사람이 미리 돈을 내고 우표를 사게 하는 거야."

끈끈한 풀이 없이도 물이나 침을 바르면 봉투에 손쉽게 붙일 수 있는 접착성 우표. 그것을 생각해낸 사람은 그의 친구인 인쇄소 주인이었습니다.

그렇게 두 사람이 협심하여 최초의 우표가 세상에 나왔습니다. 재정 적자로 은근히 골머리를 앓던 우체국의 문제를 해결해주고, 우편제도의 모순을 바로잡은 우편의 아버지 로랜드 힐 경. 우편물을 전달해 주고 난 후에야 비로소 돈을 현금으로 주고받는 사람들의 불편함을 덜어주고자, 자신의 시간과 열정을 아낌없이 바친 한 사람의 노력.

더욱 성숙되고 폭넓은 소통의 문화를 일궈낸 밑거름입니다.

위기를 기회로 만든 지혜

전 세계 어디에서나 볼 수 있고 흔히 쓰이고 있는 포스트 잇. 보고서의 갈피로도 사용되고, 중요한 용무나 간단한 기록을 남길 때도 유용한 접착성 메모지. 색깔도 쓰임도 그 모양도 가지가지인 현대인의 필수품이지만, 처음에는 누구 하나 거들떠보지 않는 실패한 발명품이었습니다.

포스트잇을 만들어낸 주역은 미국의 한 제조업체의 평범한 연구원 스펜서 실버. 새로운 접착제를 개발하던 어느 날,

그는 호기심이 발동했습니다.

"이 접착성 중합제를 혼합물에 넣으면 어떤 반응이 나타날지 궁금한걸? 한번 실험해봐야지."

아무 기대도 바람도 없었던 실험에서 그는 신기한 결과를 얻어냈습니다. 접착력이라기보다는 응집력 정도를 갖춘 신기한 접착제가 만들어졌습니다. 하지만 회사는 그의 발명품에 관심을 보이지 않았습니다.

"이건 접착력이 너무 약하지 않나?"

"그래도 종이를 쉽게 붙였다 떼기를 반복할 수 있는 장점이 있는걸요."

"그럼 뭘 하나. 살짝 건드리기만 해도 그냥 떨어지는걸. 이런 건 쓸모가 없단 말일세."

회사는 특허출원은 해주었지만 제품 생산은 하지 않았습니다.

그로부터 5년 후, 그는 회사 동료인 아서 프라이의 한마디에서 뜻밖의 소득을 얻었습니다.

"찬송가를 부를 페이지에 미리 종이를 끼워 넣으면 바로 찾아서 부를 수 있어 편하지. 그런데 한 가지 아쉬운 점이 있어. 접착성이 없어서 잘 떨어진다는 건데, 어떻게 보완할 방법이 없을까?"

자신이 만든 접착제의 용도를 고민하던 실버의 머릿속에 그 순간 좋은 생각이 떠올랐습니다.

"음, 테이프나 풀 없이도 쉽게 붙였다 뗐다 할 수 있는 그런 메모지를 개발하면 어떨까?"

두 사람이 만든 발명품을 하나로 결합해서 만든 물건, 아무데

나 붙였다가 뗄 수 있어서 편리하고 유용한 상품, 포스트 잇. 회사는 그들의 발명품에 전폭적인 지원을 보냈고, 서슴없이 대량 생산에 들어갔습니다. 어떻게 쓰는지 모를 때는 소비자들의 반응이 냉담했지만, 공짜로 나눠주는 행사를 통해 하나둘 사용 방법을 알게 되자 차츰 찾는 사람들이 늘어갔습니다. 그렇게 해서 일약 문구 분야의 최고 인기 상품으로 등극한 포스트 잇……. 실패한 발명품이라고 모두가 외면할 때 끝까지 희망을 저버리지 않은 인내, 위기를 기회로 바꾼 발상의 전환이 값진 성공 신화를 남겼습니다.

멈추지 않는 열정

제2차 세계대전의 패망으로 섬나라 일본이 유래 없는 빈곤에 시달리던 때의 일이었습니다. 미국에서 밀가루를 지원받긴 했지만 수많은 사람들의 굶주린 배를 채우기에는 턱없이 부족한 실정이었습니다. 게다가 쌀이 주식인 일본인들에게 밀가루는 밥이 될 수 없었습니다. 밀가루로 만들 수 있는 음식이라고 해봤자 부침개나 국수가 전부…….

한낱 간식거리에 불과했지요.

"아휴……."

"엄마, 배고파요. 국수 말고 밥 먹고 싶어요. 으앙……."

평범한 사업가, 안도 모모후쿠는 배고픔에 신음하는 사람들을 차마 눈 뜨고 볼 수 없었습니다.

"저 가여운 사람들을 위해 내가 할 수 있는 일이 없을까?"

평소 사회사업에 관심이 많았던 그는 지혜를 짜냈습니다.

"내 손으로 직접, 먹으면 배가 부른 밀가루 음식을 개발해보는 거야."

불쌍한 이웃을 위해 전 재산을 털어 오로지 음식 연구에 몰두

한 사람……. 주머니가 바닥이 날 때까지도 좋은 방법을 얻지 못하자 그는 술독에 빠져 살기 시작했습니다.

"이제 다시 일어설 힘도 없어. 아, 정말 괴롭다. 흑……."

자괴감이라는 늪에서 허우적대던 그는 어느 깊은 밤, 늘 그랬듯 인근 술집으로 발길을 돌렸습니다. 가게 주방장은 한창 튀김을 만드느라 손님이 온 것도 몰랐습니다. 말을 걸려고 슬쩍 곁으로 다가간 그는, 순간 중요한 단서 하나를 발견하고는 소리 높여 외쳤습니다.

"바로 저거야! 그래, 튀김이야, 튀김……."

물에 갠 젖은 밀가루는 끓은 기름에 들어가면 수분을 빼앗기

게 되는데, 수분이 빠져나
간 자리에 구멍이 숭숭 뚫
리는 현상을 보고 그는
'라면'이라는 새로운 음
식을 생각해낸 것입니다.

"밀가루 면을 한 번 튀긴 다음 건조시켰다가 물에 끓이면 구
멍 사이사이로 물이 들어가지요. 그러면 면발이 통통한 라면이
만들어지는 것입니다."

"우와……!"

"대단해요!"

불우한 이웃을 위해 헌신하겠다는 숭고한 소명 의식과 자애
로운 실천 의지로 인스턴트 라면을 만들어낸 안도 모모후쿠. 사
랑으로 뜨거운 그의 가슴은 그에게 '인도적인 발명가'라는 명
예의 훈장을 안겨주었고, 수많은 사람들의 허기진 고통을 잠재
웠습니다.

노력이 희망

일본의 한 인쇄소에 오모라는 말단 공원이 있었습니다. 그는 종이를 자르는 단순 작업을 우직하게 해내는 청년이었습니다. 그렇게 열심히 일하는데 가장 큰 걸림돌은 무뎌진 칼날. 그만큼 작업 능률이 떨어지니 할당량을 채우지 못하는 안타까운 상황이 계속됐습니다.

"안 되겠다. 강제로라도 칼날을 부러뜨려서 일해야지……."

무딘 칼날을 잘라내서 재활용을 시작하는 것으로도 회사는 엄청난 절감 효과를 보았습니다. 하지만 원시적인 방법에는 한계

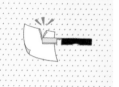

가 따랐습니다. 칼날을 자를 때마다 일손을 놓아야만 했고, 단단
하고 날카로운 칼날을 자르다가 손을 다치기도 일쑤였습니다.

"앗 따가워! 또 다쳤네……. 칼날을 좀 더 쉽게 자르는 방법
은 없는 걸까?"

그는 몇 년째 같은 생각에 골몰했습니다.

"방법을 찾아내고 말 테다!"

해결책을 찾기 위해 머리를 쥐어뜯어가며 수많은 날과 무수
한 달을 보냈지만 뾰족한 수가 떠오르질 않았습니다.

그러던 그가 하루는 우체국을 방문했습니다. 그는 편지를 부
치기 위해 우표를 파는 창구로 갔습니다.

"저 우표 한 장 주세요."

우체국 직원은 일렬로 다닥다닥 붙어 있는 우표들 가운데 한 장을 손쉽게 떼어 그에게 건넸습니다.

"그래, 바로 저거야! 촘촘한 바늘구멍!"

손에 살짝 힘을 주고 잡아당기기만 하면 미리 뚫려 있는 구멍 선을 따라 한 치의 오차도 없이 뜯어지는 우표.

"칼날 중간중간에 우표처럼 일정한 간격의 자름선을 넣어 보자."

오모는 그 획기적인 방법을 곧바로 회사에 전달했고, 두말할 것도 없이 그의 제안이 받아들여지면서 포상도 후하게 내려졌

습니다. 특허 출원을 마치자마자 대량생산에 들어간 오모의 발명품에는, 칼날이 잘칵잘칵 잘라진다

고 해서 '커터'라는 이름이 붙여졌습니다. 한 걸음 더 나아가 칼집과 칼날을 자를 때 쓰는 홈이 있는 꽂이까지 개발했고, 언론들은 '칼의 혁명'이라는 극찬을 앞다투어 쏟아냈습니다.

　불편한 것을 이겨내기 위한 한 남자의 99퍼센트의 노력과 땀……. 그것이 세상을 변화시키고 발전시킨 위대한 발명의 힘이었습니다.

사랑은 발명의 꽃

오래전 일본의 어느 병원, 하루 스물네 시간을 꼬박 아들의 병석을 지키는 지극 정성의 어머니가 있었습니다. 노심초사하는 마음을 달래기 위해 어머니는 한 권의 책을 읽게 됐습니다.

"머리를 쓰는 법? 일상 속의 문제를 찾고 그 해결 방법을 떠올려라?"

책에는 번뜩이는 발명으로

풍요로운 생활을 가져다준 발명가들의 이야기가 실려 있었습니다. 책이 전하는 교훈을 어머니는 생활 속에 적용했습니다.

"음…… 담요를 더 따뜻하게 덮을 수 있는 방법은 뭐가 있을까? 얼음주머니 밑에 수건을 깔면 더 편하지 않을까??"

그녀는 아주 사소한 생각이라도 떠오르는 대로 바로바로 수첩에 놓치지 않고 적어두었습니다.

"생각을 하면서 문제를 해결하니 근심 걱정도 잠시 잊게 되는걸? 정말 재미있게……."

이 생각 저 생각으로 여러 날을 보내던 어느 날, 아들에게 우유를 먹이려고 빨대를 사용하게 됐습니다. 그러나 누워 있는 아들에겐 무용지물이었습니다.

"누워서도 우유를 편히 마실 수 있으면 좋을 텐

데. 어떻게 하면 좋을까?"

어머니는 사랑하는 아들을 위해 자유자재로 움직일 수 있는 빨대를 고민했습니다.

"구부렸다 폈다 할 수 있는 빨대를 만들어볼까? 그래, 고무줄을 이용해보는 거야."

처음엔 바지에 사용하는 노란 고무줄을 활용했습니다. 빨대처럼 속이 빈 고무대롱을 적당한 크기로 잘라 컵에 꽂자 요리조리 잘 움직여 사용하기가 한결 수월했습니다. 문제는 비위생적이어서 싫다는 아들의 반응이었습니다. 어머니는 또다시 고민에 빠졌고, 그때 시야에 들어온 것이 수도용 고무호스였습니다.

"맞다, 빨대에도 고무호스처럼 주름을 넣는 거야……."

고무호스에서 실마리를 찾은 것입니다. 빨대에 살짝 주름을 넣자 예상대로 방향 조절이 가능하면서 쉽게 꺾고 펼 수 있는 편리한 빨대가 만들어졌습니다.

생각하고 창조하는 일상을 즐기려는 자세와 아들을 사랑하는 엄마의 마음……. 그 두 마음이 합해져 발명의 꽃을 피워냈습니다.

손끝에서 피어난 발명

일회용 면도기의 발명으로 면도 업계에 혁명을 일으킨 킹 질레트. 정상에 오르기까지 그는 길고도 험난한 길을 걸어야만 했습니다. 그는 가난 때문에 학생티도 벗지 못한 열일곱 살 어린 나이에 생필품 외판을 시작했습니다. 생계를 위해 어쩔 수 없이 시작한 일이었지만 주저앉고 싶을 때가 많았습니다.

그때마다 그는 부모님을 떠올렸습니다. 가진 것도 없고 많이 배우지 못했지만 항상 탐구의 길을 걸으셨던 부모님…….

"아들아, 멋진 발명품 하나가 삶을 바꿀 수 있는 거란다."

부모님은 그에게 발명의 꿈을 심어준 디딤돌 같은 분들이었습니다.

"훌륭한 발명품을 만들어서 꼭 세상에 내놓고 말 테야!"

낮에는 배고픈 영업사원으로 밤에는 미래의 발명가로, 그렇게 마흔의 나이에 이르렀지만 그는 여전히 꿈꾸는 발명가였습니다. 그러던 어느 날, 중요한 회의가 있다는 걸 깜박하고 늦잠을 잔 그는 급하게 면도를 하다가 얼굴을 베이게 됐습니다.

"아, 이런! 오늘 중요한 회의가 있는데 면도기 때문에 다 망쳤잖아……."

당시의 면도기는 시퍼렇게 날이 선 칼날이었습니다. 기회가 되면 반드시 안전하고 편리한 면도기를 만들겠다는 결심을 세운 지 일 년 후. 그는 이발소에 들렀다가 신기한 원리를 발견했습니다.

"그래, 바로 저거야 저거! 이발사가 머리를 자를 때 빗을 대고 가위질하는 건 두피에 닿지 않게 하려는 배려인 거야. 그래야 머리카락만 안전하게 자를 수 있을 테니까! 이 원리를 면도기에 응용해보자."

그는 곧바로 면도날에 손빗 역할을 하는 받침을 붙여보았습니다. 피부에 직접 닿지 않는 면도기를 구상했던 것입니다.

연구에 매달린 지 어느덧 육 년. 결과는 참담했습니다.

"그깟 싸구려 면도기가 무슨 발명품이라고……. 사람들은 비싸고 멋진 걸 찾는단 말일세."

모두가 차가운 시선을 보냈지만 그는 물러서지 않고 오히려 더 많은 연구와 실험을 거듭해 한층 더 정교하고 세련된 면도기를 만들어냈습니다. 그의 나이 쉰다섯, 그가 만든 발명품은

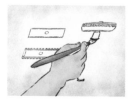

날개 돋친 듯 팔렸고 그는 면도 업계의 왕좌에 올랐습니다.

　한치 앞도 보이지 않던 암흑의 시간……. 그에게 발명의 꿈은 희망의 등불이었습니다.

　"일회용 면도기 덕분에 전 세계 남성들은 좀 더 편한 생활을 누리게 됐지요. 이처럼 위대한 발명은 우리의 삶을 풍요롭게 해줍니다."

　전 세계 남성들의 아침을 밝혀주는 지혜와 인내가 담긴 발명품이 평범한 한 남자의 손끝에서 탄생했습니다.

마음을 듣는 청진기

의사라면 누구나 하나쯤은 목에 걸고 있는 청진기. 청진기를 처음 발명한 사람은 프랑스의 병리학자 르네 라에네크입니다. 프랑스의 한 지방에서 태어난 그는 뛰어난 변호사인 아버지의 병약한 아들이었습니다. 어렸을 때부터 허약한

몸 때문에 몸 고생 마음 고생이 심했던 그였기에, 훗날 의사가 되어서 환자들을 돌봤습니다. 특히 심장 분야에 관심이 많았던 그는 독특한 청진 방법을 사용했

습니다. 환자의 가슴에 직접 귀를 대고 심장 소리나 호흡 소리를 듣곤 했는데, 환자를 아끼는 마음에서 행한 진료에는 여러 문제가 뒤따랐습니다. 비만 환자들의 풍성한 살은 심장 소리를 들을 수 없게 방해했고, 여자 환자들의 가슴에 귀를 대는 것은 남세스럽고 껄끄러운 일이었습니다.

"가슴에 귀를 대는 것 말고 다른 방법으로 환자들 몸을 살필 수 있다면 더 많은 병을 치료할 텐데……."

새로운 청진 방법을 찾아 생각을 멈추지 않던 어느 날, 산책을 나간 그는 꼬마들 앞에서 발걸음을 멈췄습니다. 서로의 귀에 긴 막대기를 대고 말을 옮기는 아이들의 특이한 놀이.

"옳지, 저 방법을 응용해보자. 심장 소리를 듣는 게 가능할지도 몰라."

그는 긴 관을 통해 심장 박동이 귀에 전달되기만 한다면 정밀한 진찰이 가능할 거라고 확신했습니다.

"내 손으로 꼭 청진기를 만들고 말 테야. 그러면 더 많은 심장병 환자를 살릴 수 있어……."

그가 처음 만들어낸 청진기는 종이를 말아 실로 묶은 통 모양의 기구였습니다. 그것으로 수많은 임상 실험을 거듭한 결과…….

"우와 들린다! 정확히 들려! 하하하!"

청진기를 이용한 최초의 청음 진찰이라는 목표를 달성했던 것입니다. 청진기를 발명해 내과 질환을 정확히 진단하는 데 큰 기여를 한 프

랑스의 병리학자 르네 라에네크. 청진기라는 가장 기초적인 의료 기구의 탄생. 사람의 병을 치료한다는 의사로서의 사명감과 보람이 의학사에 길이 남을 진보와 업적을 이룩했습니다.

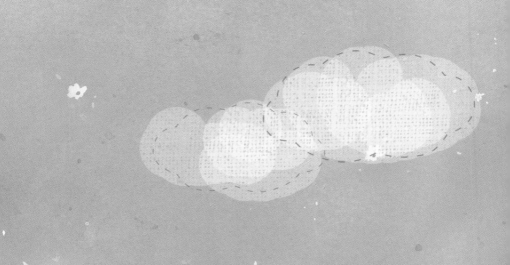

해리 리버맨은 많은 사람들의 관심과 격려 속에서
죽는 순간까지 그림을 그렸고, 수많은 작품을 남겼습니다.
스물두 번째의 전시회를 열었을 때, 그의 나이 백한 살이었습니다.

4

꿈을 이루는 기적
눈부신 노력

101세의 화가

해리 리버맨은 폴란드 사람으로 스물일곱 살에 미국 땅을 밟았습니다. 영어도 못하는 이방인이었던 그가 가진 것이라곤 돈 6달러와 손가방이 전부였습니다.

"지금은 비록 가진 게 없지만 열심히 노력해서 반드시 크게

162

성공할테야, 반드시!"

낯선 이국땅에 뿌리내리
기 위해 그는 궂은일이든 힘
든 일이든 맡기만 하면 최선
을 다해 일했습니다. 착실하고 성실한 해리는 어디에서나 인정
을 받았고, 그만큼 손에 쥐는 돈도 많아졌습니다.

그는 돈이 생기는 족족 저축을 했지요. 작은 것 하나라도 절
약하는 습관으로 생활은 날로 풍요로워졌습니다. 훗날, 그는
큰 부자가 되었습니다. 으리으리한 저택과 어마어마한 재산은
그가 열심히 살아온 흔적이었습니다.

어느덧 일흔을 훌쩍 넘긴 해리 리버맨……. 그는 여생을 조용
히 보내기 위해 모든 일을 정리했습니다. 회사로 출근하던 발
걸음을 노인 학교로 옮겼고, 바쁘게 서류를 보던 시간을 친구
들 만나는 데 쏟았습니다. 그러던 하루는 유일한 말벗이었던

친구가 병이 나서 노인학교에 오지 못했습니다.

"아, 오늘은 뭘 해야 하나……."

따분하고 지루한 시간을 때우기 위해 그는 볕이 잘 드는 공원 의자에 앉았습니다. 그때, 그 앞을 지나던 한 청년이 해리에게 말을 걸었습니다.

"어르신, 굉장히 따분해 보이시네요. 이 아름다운 경치를 눈으로만 감상하지 말고 직접 그려보시면 어떨까요?"

"내가 그림을? 허허허, 난 붓도 잡을 줄 모른다네."

칠십 먹은 노인에게 무엇을 새롭게 시작한다는 것은 무모한 일이라고 생각했습니다. 하지만 그는 용기를 내어 미술학원을

찾아갔지요. 등은 굽고 붓을 잡은 손은 떨렸지만 그는 젊은 시절의 패기를 드러냈습니다. 어느 새 하얀 도화지는 그만의 공간이 되었고, 색색의 물감은 자신을 표현하는 날개가 되었습니다.

몇 년 뒤, 그는 첫 전시회를 열었습니다. 세상은 그를 향해 아낌없이 찬사를 보냈습니다. 평론가들은 그를 가리켜 '미국의 샤갈'이라고 칭송했지요.

나이라는 한계에 묶이지 않고 자신의 삶에 열성을 다했던 해리 리버맨……. 그는 많은 사람들의 관심과 격려 속에서 죽는 순간까지 그림을 그렸고, 수많은 작품을 남겼습니다. 스물두 번째의 전시회를 열었을 때, 그의 나이 백 한 살이었습니다.

두 사람의 차이

같은 학교를 졸업하고 같은 성적을 받은 두 청년
이 같은 회사에 면접을 보았습니다. 어느 모로 보나 우열을 가
리기 힘든 두 청년. 그런데 한 친구는 붙었고 한 친구는 떨어졌
습니다. 그날 밤, 불합격한 친구가 곤드레만드레 술에 취해 합

격한 친구를 찾아왔습니다. 친구는 분한 마음을 삭히지 못하고 자신의 억울한 심정을 토해냈습니다.

"자네와 내가 다른 점이 뭔가? 대체 무엇 때문에 자네는 붙고 나는 떨어졌냐고! 내가 자네보다 부족한 점이 도대체 무어란 말인가?"

합격한 친구가 분개하는 친구에게 면접관이 물었던 질문을 다시 물었습니다.

"자넨 동료가 무능력하여 다른 동료들로부터 비웃음을 산다면 자네도 비웃겠는가?"

그가 자신 있게 대답했습니다.

"다 그렇게 생각하는데 뭐⋯⋯."

"나는 '다 그래도'라고 답했다네."

이어 합격한 친구가 다시 물었습니다.

"자넨 회사가 어려울 때, 회사를 위해 일하겠는가 아니면 나

가겠는가?"

그는 면접관 앞에서 말했던 대로 대답했습니다.

"나 하나쯤이야……."

합격한 친구가 대답했습니다.

"나는 '나 하나만은'이라고 답했다네……."

친구는 그리고 또다시 물었습니다.

"자넨 회사가 위기에 닥쳤을 때, 누군가가 희생해야 한다면 어떤 결정을 내리겠는가?"

그의 목소리는 주눅이 들어 점점 기어 들어갔습니다.

"그게…… 다들 하는 대로……."

"나는 '다른 사람은 하지 않아도 나는…….'이라고 대답했다네. 어떤가? 자네는 떨어지고 내가 붙은 이유를 이제야 알겠나?"

불합격한 친구는 더 이상 말을 잇지 못하고 조용히 집으로 돌

아갔습니다.

　사람들 몰이에 휩쓸려가는 '다 그런데 뭐.'라는 타성에 젖은 행동을 떨치고 혼자 뚝심 있게 진취적으로 일에 매달리는 노력, '나 하나쯤이야.'라는 안이한 생각 대신 솔선수범하는 패기, '다들 하는 대로'라는 소극적인 태도를 버리고 능동적으로 일을 주도하는 자세, 회사가 원하는 유능한 일꾼은 그런 도전 정신과 창의력을 가진 생각하는 젊은이였던 것입니다.

아버지와 나침반

아버지와 아들이 사방천지가 모래알로 뒤덮인 사막을 건너는 중이었습니다. 아들은 수시로 시계를 들여다보며 우려에 찬 목소리로 말했습니다.

"아버지. 시간이 얼마나 됐을까요? 아, 빨리 목적지에 도착해야 하는데……."

아버지는 지도와 나침반으로 현재의 위치를 확인하며 덤덤하게 대꾸했습니다.

170

"아들아, 그렇게 시계만 보지 말고 앞을 보고 걸으렴……."

사방을 둘러봐도 길은 보이지 않고, 멀고 넓은 사막과 고슴도치 같은 선인장뿐이었습니다.

'이러다가 사막에서 말라죽는 거 아닐까?'

아들은 불안해서 못 견딜 지경이었지만 아버지는 별다른 동요 없이 오직 길 찾기에 정신을 집중했습니다. 마음이 초조하다 못해 새까맣게 타던 아들은 아버지의 뒤에서 걸으며 줄곧 툴툴거렸습니다.

"아버지, 좀 더 빨리 걸어야겠어요. 지체할 시간이 없어요."

그러나 길을 잘못 들었을 때도 아버지는 여유를 잃지 않았습니다.

"아들아, 방향이 틀렸구나. 다시 돌아가야겠다……."

아버지가 지시하는 대로 따른 결과, 부자는 무사히 목적지에 닿을 수 있었습니다.

　　어둠이 내려앉은 깊고 깊은 밤……. 아버지와 아들은 여행을 시작하고 처음으로 속 깊은 대화를 나눴습니다.

　　"아들아……. 시간이란 그다지 중요한 게 아니란다. 그보다 더 중요한 것은 인생의 방향인 거야. 하마터면 우리는 길을 잃고 영영 사막에 갇힐 뻔했다는 것을, 잊지 말아라."

　　아직도 사막 어느 곳에서 헤매고 있을 모습을 상상하니 아들은 정신이 다 아찔했습니다.

　　"자, 이걸 잘 간직하렴. 너에게 주는 선물이다."

　　아버지는 몸처럼 아끼던 나침반을 아들에게 주었습니다. 그러자 아들은 손목시계를 풀어서 아버지에게 건넸습니다.

"고맙습니다. 아버지. 이 시계가 저의 시야를 방해한 것 같아요. 제가 스스로 삶의 방향을 결정할 수 있을 때까지 아버지가 맡아주세요."

좋은 인생이란 시간에 쫓기지 않고 목표와 계획을 갖는 것……. 우리의 의지가 무엇을 따르느냐에 따라서 삶의 방향이 결정된다는 것이 아버지의 가르침이었습니다.

인생의 목표를 향해 순항하는 길, 조금 더디 가더라도 삶의 방향을 놓치지 않는 끈기와 열정을 갖는 것이었습니다.

나는 세계 최고다!

미국의 한 스포츠 신문에 사람들의 시선을 사로잡는 머리기사가 실렸습니다.

"나는 세계 최고다!"

무명의 젊은 권투 선수가 큰 경기를 앞두고 가진 신문기자와의 회견에서 발표한 내용이었습니다.

"휙, 휙, 휙……."

기자는 그의 말을 그대로 인용한 뒤, 새파란 신인의 건방진 태도를 한껏 조롱하는 기사를 썼습니다.

"그는 자만하고 있다. 과연 링 위에서도 최고인 척 당당할 수 있을까?"

사각의 링 위에 서는 순간, 그는 호랑이 앞에 고양이처럼 상대 선수에게 꼼짝 못할 거라고 호언장담했지만, 결과는 그 반대였습니다. 혜성처럼 나타난 신예 선수의 화려한 승리! 신문과 방송에서는 연일 그의 얘기를 다뤘습니다.

그는 경기 결과를 예측하는 능력까지 보여주었습니다. 경기 때마다 같은 말을 되풀이하는 한 남자…….

"훅훅훅, 나는 세계 최고다!"

그는 자신과 맞붙을 상대를 몇 회에 쓰러뜨리겠다는 투지로

사람들에게 신선한 충격을 주었습니다. 그의 말이 적중할 때마다 관객은 더 크게 환호했습니다.

"이럴 수가……. 3회에 쓰러뜨리겠다는 그의 말이 또 맞았어. 정말 대단해!"

"초능력을 가졌나 봐요."

이따금 예측이 어긋나기도 했지만 사람들에게 이미 그는 최고의 영웅이었습니다. 훗날 그는 '무하마드 알리'라는 새 이름으로 링 위에 올랐고, 변함없이 '나는 세계 최고다!'라는 말을 거침없이 내뱉었습니다. 사람들은 차츰 그 말의 위력을 이해하기 시작했습니다.

"그는 자기 자신을 믿고 있습니다. 그것이 그를 챔피언으로 이끈 비결입니다."

무하마드 알리가 갖고 있던 신비의 힘, 바로 자기 자신에 대한 확신이었던 것입니다. 그는 결코 자신을 최고의 선수라거나 최고에 가까운 선수라고 말하지 않았습니다. 오로지 세계 최고라고만 외쳤습니다.

모든 힘의 근원은 마음이며, 몸은 마음이 믿는 대로 가는 것……. 무하마드 알리는 자신을 믿고 따르면 운명을 바꿀 수 있다는 확신에 찬 자신감으로 세계 헤비급 챔피언의 자리에 등극한 것입니다.

껄병을 조심하세요

전쟁이라고 불릴 만큼 치열한 취업 경쟁. 나는 그 좁은 문턱을 뚫고 내로라하는 회사에 합격했습니다. 취직하고 나서 몇 달은 그저 일을 할 수 있다는 사실에 감사했지요. 하지만 마냥 좋을 줄 알았던 직장생활에 위기가 찾아왔습니다. 내

청춘이 답답한 사무실에 갇힌 기분이랄까요? 그야말로 무료하고 따분했지요.

"원래 내 꿈은 승무원이었는데, 에휴."

하늘을 나는 항공사 승무원이 꿈이었지만 책상이나 지키는 붙박이 회사원으로 살고 있는 내 자신이 한없이 초라하게 느껴질 때 문득 떠오른 것은, 고3 졸업식 날 담임선생님이 해주신 훈시였습니다.

"난 여러분들이 살아가면서 껄병에 걸리지 않길 바랍니다."

그때 아이들은 낯선 병명에 수군거렸습니다.

"껄병이란 말 생소하지요? 이 병이 어떤 병인고 하면, '그때 그거 할걸……' 하고 후회하는 병이에요. 내 제자들만큼은 이 껄병에 절대 걸리지 않고 늘 깨어 있길 바랍니다. 현재에 최선을 다하고 하고 싶은 일이 있다면 열정을 갖고 도전해보라는

겁니다. 모두들 그렇게 할 수 있죠?"

해보지도 않고 훗날 후회하는 일이 없도록 꿈을 위해 도전하라고 하셨던 선생님…….

"그래, 한번 해보는 거야. 꾈병에 걸리지 않겠다고 선생님하고 약속했잖아!"

아직 늦지 않았다는 생각으로 응시한 항공사 시험. 그 과감한 도전은 실패로 끝이 났지만, 대신 나는 자신감을 얻었습니다. 어떤 일이 있어도 꾈병에만은 걸리지 않겠다는 굳은 의지와 확신도 생겼고요. 전보다 더 많은 일에 모험을 걸고 도전을 반복하면서 나의 삶은 차츰 길을 찾아가고 있었습니다.

짬짬이 지방방송국의 라디오 리포터로 출연도 하고, 대학원에 다니면서 학식도 넓히고……. 요즘엔 새로운 꿈을 위해 습작에 몰두하고 있습니다. 미래의 동화작가가 되기 위한 뜻 깊은 한 걸음인 셈이지요.

누구나 꿈꾸는 모든 것을 가질 순 없습니다. 하지만 중요한 건 간절히 원하는 무엇을 위해 한번이라도 최선을 다했느냐 하는 것입니다. 살면서 후회할 일을 만들지 않기 위해…….

껄병을 이겨내고 도전의 열병을 앓기 시작한 요즘, 나 자신과의 싸움에서 이룬 진정한 삶의 승리를 맛보고 있습니다.

아름다운 나무

실패한 사업가가 그의 친구와 수풀이 우거진 산을 오르며 한숨을 깊게 내쉬었습니다.

"휴……."

사업가는 친구 앞에서 허망한 소리만 해댔습니다.

"실패한 삶이야……. 나는 희망이 없어……."

세계적인 기업을 세우겠다는 야망을 품고 오로지 앞만 보고 달려온 삶. 그러나 쉽게 허물어져버린 모래성 같은 꿈……. 사업가에게 남은 것은 평생 갚아야 할 빚과 아무리 노력하고 발

버둥쳐도 소용없다는 좌절뿐이었습니다.

"그 많은 빚을 어떻게 갚을지……. 나는 지금 살아도 사는 게 아냐. 차라리 이대로 콱……."

사업가의 넋두리를 아무 말 없이 듣고 있던 친구가 떡갈나무 앞에서 걸음을 멈췄습니다.

"이 나무 좀 보게. 이 나무가 왜 이렇게 풍성하게 자랐는 줄 아나? 한번 맞춰보게나."

사업가가 시무룩한 표정으로 나무를 보며 대답했습니다.

"분명히 이 나무는 씨부터 달랐을 걸세. 그러니 이렇게 크게 자랐지. 나와는 태생부터가 완전히 다른 나무야."

사업가의 말에 친구가 고개를 가로저었습니다.

"그렇지 않네."

"그럼 무엇 때문인가?"

친구는 떡갈나무를 쓰다듬으며 또박또박 힘주어 말했습니다.

"그건 말일세, 이 나무는 다른 나무들보다도 많이 부족하기 때문이지."

사업가는 의아한 표정으로 물었습니다.

"부족하다고? 뭐가 부족하다는 말인가?"

친구는 빙그레 미소를 지으며 이야기를 시작했습니다.

"내 얘기 좀 들어보게나. 만약 이 나무가 다른 나무보다 더 견고했더라면, 사람들이 벌써 베어 갔을걸세. 좋은 나무를 가만둘 리 없으니까. 이 나무는 다른 나무보다 덜 탐스러웠던 거지……. 그래서 꺾지 않고 놔두었던 거야. 그 덕에 이렇게 크고 아름다운 나무로 자랄 수 있던 거고."

"아, 사람들에게 이처럼 시원한 그늘도 선물하고 말일세……."

"그러니 낙담하지 말게나. 희망의 끈을 놓지 않으면 자네도 이 떡갈나무처럼 언젠가 멋진 사업가가 될 수 있을걸세."

세상 모든 생명이 소중하고 그만큼 가치가 있는 것. 시작은 비록 초라할지라도 강철 같은 의지와 불꽃 같은 열정만 있다면 부족한 것은 언제든 채울 수 있고 원하는 것은 무엇이든 얻을 수 있다는 친구의 충고…….

떡갈나무 가지 사이로 비쳐드는 눈부신 햇살이 사업가의 얼굴에 쏟아져 내렸습니다.

할머니의 7전8기 도전

운전교습학원에서 강사로 일하던 오 년 전의 일입니다. 방학을 맞아 운전면허를 따려는 학생들과 아이를 학교에 보내고 운전대를 잡은 아주머니들……. 그들 틈에 유난히 눈에 띄는 수강생이 있었습니다.

"안녕하세요, 선생님. 헤헤헤……."

예순을 훌쩍 넘은, 헐렁한 고무줄 바지를 입은 할머니였죠. 한두 달이면 합격하는 게 보통인 면허시험장에서 할머니는 성적이 신통치 않아 일 년 가까이 운전대와 씨름하고 계셨습니다.

　벼락치기 공부로 시험에 척척 붙는 사람도 많은데. 할머니는 침침한 눈을 비벼가며 열심히 공부해도 매번 낙방이었습니다. 턱걸이로 필기시험을 통과한다고 해도 할머니에게 갈 길은 멀기만 했지요.

　고령의 어르신들에게 기능 시험은 뚫기 힘든 관문이었지요. 깜박하고 시동을 걸지 않고, 브레이크 대신 액셀을 밟고…….

잦은 실수로 번번이 시험에서 떨어져 크게 상심하고 포기하실까 봐 지켜보는 사람이 조마조마할 정도였습니다.

　다행인 것은 7전8기하는 잡초 같은 끈질긴 근성으로 할머니가 도전을 멈추지 않았다는 것이었죠. 필기시험 유효기간이 끝나 재시험을 치러야 할 때도 할머니는 맨 앞자리를 고수하는 모범생이었습니다.

　시험에 한 번씩 떨어질

때마다 머리가 허옇게 세는 줄도 모르고 할머니가 운전면허에
매달리는 까닭……. 몇 해 전, 채소 장수였던 아들이 교통사고
를 당했기 때문이었습니다. 트럭을 몰던 아들이 다리를 다치면
서 당장 생계가 막막한 상황이었던 겁니다. 직접 수레를 끌고
다녀볼까도 생각했지만, 할머니가 택한 것은 수레가 아닌 운전
면허증이었습니다.

"그래, 직접 채소 트럭을 몰아보는 거야."

하지만 시험에 수차례 응시해도 돌아오는 건 불합격 소식뿐.
내가 강사직을 그만둘 때까지도 할머니는 면허를 취득하지 못
하셨습니다. 그래서 마음이 좋지 않았는데, 몇 달 뒤 기쁜 소식

이 전해졌습니다. 그토록 원하고 바라던 할머니의 합격 소식이었지요. 마치 내가 된 것처럼 뛸 듯이 기뻤습니다. 벌써 오 년이 지난 일이니, 지금은 노련한 트럭 운전사가 되어 어디선가 희망차게 살고 계시겠지요.

　주름진 얼굴에는 향기를, 고목나무 같은 손에는 열정을 품고 계셨던 할머니……. 세상살이 힘들고 지칠 때면 하얀 머리카락을 날리며 운전하시던 할머니의 모습을 떠올리곤 합니다.

운명을 바꾼 1.68초

지난 1996년, 미국 남동부 최대 도시인 애틀랜타에서 세계인의 축제인 올림픽이 열렸을 때의 일입니다. 올림픽의 꽃이라고 할 수 있는 육상경기가 있던 날. 400미터 결승을 앞두고 출발선 앞으로 한 선수가 걸어 나왔습니다. 전 세계인

의 시선을 사로잡은 남자. 그는 미국의 육상 선수 마이클 존슨이었습니다. 이미 200미터 결승경기에서 신기록을 세우면서 금메달을 목에 건 사나이. 상체를 꼿꼿이 세우고 총총 걸음으로 뛰는 일명 '스타카토 주법'이 그의 특기였습니다. 그의 실력이 탁월하긴 하지만 그렇다고 해도 두 종목에서 금메달을 획득하기란 무리라는 것이 일반적인 여론이었습니다.

"오늘도 과연 마이클 존슨이 우승을 할 수 있을까요?"

"글쎄요. 200미터는 단거리고 400미터는 중거리라…… 주법이나 체력 안배, 기술적인 면에서 차이가 많이 나죠. 아무래도 좀 힘들지 않을까요?"

200미터의 승부의 관건이 빠른 스피드와 막판 힘내기라면, 400미터는 일정한 스피드와 지구력이었습니다. 수많은 관중들이 지켜보는 가운데 드디어 출발을 알리는 총성이 울려 퍼졌습니다. 세계 최고 선수들의 우열을 가리기 힘든 막상막하의 경

기……. 모두의 예상을 뒤엎고 결승점을 일등으로 통과한 사람은 번개처럼 빠른 사나이, 마이클 존슨이었습니다. 단거리와 중거리를 넘나들며 세계 육상계를 평정한 사람. 그는 가슴 찡한 우승 소감으로 또 한 번 세계를 놀라게 했습니다.

"지난 십 년간 나는 1.68초를 단축하기 위해 피나는 노력을 아끼지 않았습니다. 그 작은 차이가 평범한 선수와 세계적인 선수를 결정하는 비결이었습니다."

고등학생일 때만 해도 그는 200미터를 21초에 뛰는 지극히 평범한 선수였습니다. 그런 그가 일약 세계적인 선수로 급부상할 수 있었던 것은 지난 십 년 동안, 멈추지 않은 노력의 힘이었습니다. 목표를 향해 고통의 나날을 견디고 인내의 시간을 달려온 사나이……. 세계 최고의 육상선수 마이클 존슨의 탄생은 오랜 시간에 걸쳐 흘린 땀과 열정의 소산이었습니다.

인생의 주인공

봄날의 꽃처럼 인생에서 가장 아름다운 시간을 보내고 있는 박지현 양은 광주광역시에 있는 한 대학의 새내기입니다. 자동차학과에 재학 중인 그녀에게는 또래 친구들에게는 없는 특별한 무엇이 있습니다. 한국산업인력공단에서 시행하는 상당수의 국가기술 자격증입니다. 자동차정비기사 자격증을 포함해 지금까지 취득한 자격 증서만 무려 사십여 개.

그녀가 박수를 받는 더 큰 이유는 그중 서른네 개를 고등학생 신분으로 땄다는 것입니다.

원하는 목표를 세우고 달성해가는 일련의 과정이 즐겁기만 하다는 박지현 양. 그녀가 평범한 학생에서 자격증 소녀로 거듭나기 시작한 것은 아버지가 일자리를 잃은 중학교 3학년 겨울부터였습니다. 지현 양은 인생의 진로를 살짝 바꾸기로 합니다.

"가뜩이나 집안도 어려운데 나까지 짐이 될 순 없어. 전문고등학교에 가서 하루라도 빨리 취직하는 거야. 어디서 공부하든 목표를 잃지 않으면 돼."

그녀는 주저 없이 전남에 있는 한 실업고에 지원해 자동차학과의 학생이 되었습니다. 하루에 겨우 서너 시간의 쪽잠을 자가며 학업에 필요한 자격시험에 전부 응시했습니다. 착실하게 공부하면 할수록 손에 쥐는 자격증은 많아졌지만, 턱없이 부족

한 잠과 무리한 공부 때문에 몸 상태는 말이 아니었습니다.

"아앗, 아이고……."

매일같이 낮은 밥상에 등을 구부리고 앉아서 공부한 탓에 척추가 휘는 고통을 앓았던 것입니다. 그래도 몸의 고통은 참을 수 있었습니다. 지현 양이 가장 힘들었던 건 응시료 몇만 원이 없어서 애써 준비한 시험을 포기해야 할 때였습니다. 현실의 벽은 그렇게 높기만 했지만, 그녀는 웃음을 잃지 않았습니다. 그럴수록 손에서 책을 놓지 않고 봉사활동을 하면서 마음을 달랬습니다.

공부면 공부, 봉사면 봉사……. 그렇게 자신과 이웃을 위해

앞서 달렸던 박지현 양. 2008년에는 전국에서 백 명 정도만 받는 '대한민국 인재상'을 받기도 했습니다. 그리고 2009년 새봄에는 원하는 대학에 입학했던 것입니다. 자동차와 건설기계 분야에서 최고가 되겠다는 당찬 포부를 가진 새내기 대학생…….

현실을 부정하지 않고 그 안에서 최선의 선택을 하고 최상의 결과를 일구어낸 꽃다운 스무 살의 박지현 양. 이 시대의 아름다운 주역이요, 자기 인생의 진정한 주인공입니다.

신부님은 레슬러

지금으로부터 십여 년 전, 멕시코시티의 프로레슬링 경기장에서 한 시대를 주름잡던 노년의 레슬러가 은퇴경기를 가졌습니다. 그는 화려하면서도 현란한 기술로 마지막까지 관객들을 압도했습니다. 모든 경기가 끝났을 때 그는 이십 년

만에 처음으로 무대 위에서 가면을 벗었습니다. 순간, 관중들은 할 말을 잃었습니다.

"여러분, 저는 가톨릭교회의 신부인 세르지오 쿠티에레스입니다."

큰 충격에 휩싸인 관객들을 향해 그는 그동안 정체를 숨길 수밖에 없었던 이유를 고백했습니다.

"가난한 집안에서 어렵게 자란 저는 사랑을 받아본 적이 없었습니다……."

한때 그는 부모님과 사회의 무관심 속에서 일탈과 반항을 일삼던 문제아였습니다. 정신을 차리고 새 삶을 찾고 싶었을 때 그가 제일 먼저 찾아간 곳은 성당이었습니다. 하지만 그가 신부에게 받은 것은 위로와 따뜻한 손길이 아닌, 냉대와 차가운 시선이었습니다.

"그래, 신부가 되자. 그래서 나처럼 상처받는 아이들이 없도록 내 손으로 돌보는 거야."

성직자의 길을 걷기로 한 그는 사제 서품을 받기 위해 이탈리

아로 갔습니다. 그리고 몇 년 후, 신부가 돼서 다시 멕시코로 돌아왔습니다. 그는 가장 먼저 성당에 보육원 설립을 위한 계획을 추진합니다. 잘될 거라는 희망을 안고 시작한 일은 번번이 실패로 돌아갔습니다. 그래도 그는 굴하지 않았고, 혼자 힘으로 보육원을 세웠습니다. 어찌어찌해서 아이들과 자고 먹고 할 집은 마련했지만, 다른 것이 발목을 잡았습니다. 성당에서 받은 급여로는 한두 명 공부시키기도 힘든 현실……

　돈을 구하러 거리에 나선 그는 프로레슬러가 되기로 결심했습니다. 레슬러로서는 최상의 신체 조건을 가진 그였고, 복면을 쓰면 신분이 드러날 염려도 없으니 금상첨화요, 안성맞춤의 직업이었습니다. 서른이라는 적지 않은 나이에 복면을 쓰고 링 위에 오른 신부……. 뛰어난 기량과 힘을 자랑하는 선수로 프로레슬링 계의 스타가 된 세르지오 구티에레스. 몸을 사리지 않는 희생과 마음을 다하는 정성의 땀방울은 아이들의 배를 채워주었고

마음껏 공부할 수 있게 해주었습니다. 은퇴를 앞둔 쉰세 살의 노장 레슬러는 그 모든 공로와 감사를 관객에게 돌렸습니다.

"희망을 잃고 방황하던 아이들이 저마다의 꿈을 꾸며 열심히 자라고 있습니다. 이 모든 것이 여러분이 제게 보내주신 사랑 덕분입니다. 정말 고마웠습니다."

그의 코끝을 찡하게 만드는 연설에 사람들은 뜨거운 박수로 답례했습니다. 신을 섬기듯, 일생을 불쌍한 아이들을 위해 봉사한 참된 성자 세르지오 쿠티에레스…….

무대를 떠나는 그의 뒷모습은 그 어느 때보다 아름다웠습니다.

책 속에서 찾은 길

            우리 집 형편이 급격히 기운 건 내가 초등학교 4학년 무렵이었습니다. 화가를 꿈꿔왔지만 궁핍한 현실에 꿈은 꿈으로 끝났고, 여덟 식구가 복닥거리는 단칸방 생활은 가슴을 짓눌렀습니다. 건설 현장의 하루 벌이로 가족의 생계를 책임지셨던 아버지……. 굽은 등 속에 감춰진 아버지의 시름을 덜어드릴 수만 있다면 못할 것이 없다고 생각했습니다.

    "중학교만 졸업하면 기술을 배워야지. 그게 가족을 위한 길이야." 나는 결심한 대로 중학교를 마치고 곧바로 자동차 정비

공장에 들어갔습니다. 취직만 하면 숙련공으로 돈을 많이 벌수 있을 줄 알았는데 내 담당은 허드렛일이었습니다. 자신들의입지가 좁아질 것을 염려해 선배들은 철저히 기술을 숨겼습니다. 길 잃은 새처럼 앞날이 막막하던 어느 날, 나를 알아주는 한선배가 있었습니다.

"형이 책 한 권 추천해줄게. 그 책으로 공부하면 많이 도움될거야."

선배의 한마디에 나는 방황의 늪에서 빠져나와 헌책방으로달려갔습니다. 며칠씩 발품을 팔고 가진 돈을 탈탈 털어 그 책을 손에 넣는 순간, 터널의 끝에서 한줄기 빛을 본 기분이었지요. 꼬박 두 해 동안, 나는 책 속으로 들어가 지식의 바다에서 헤엄쳤습니다. 그사이 앎의 즐거움에 눈을 떴고 배움의 열정에 불타올랐습니다. 노력한 자에게는 기회는 반드시 오는 법.

"병일아, 버스 정비 한번 해볼래? 너라면 너끈히 해낼 수 있을 거다."

비록 책에서 배운 것이 전부였지만 나는 침착하고 노련한 솜씨로 회사에서 인정받았습니다.

"솜씨가 좋구나. 오늘부터 작업반장이라고 부르마."

십 년 경력자들이나 될 수 있다는 작업반장으로 승진하기까지, 내 인생의 스승 책이 있었습니다.

"앞으로 더욱 열심히 하는 거야!"

나는 거기서 멈추지 않았습니다. 책을 옆구리에 끼고 살 정도로 자동차 관련 서적을 전부 섭렵했고 그때그때 현장 실무에 응용했지요.

"도대체 이런 기술은 어디서 배운 건가? 정말 솜씨가 대단한 걸? 아주 훌륭해……."

아무리 복잡한 문제도 책을 보면 해답이 보였고, 세상에 알려지지 않은 기술도 책을 통해 터득할 수 있었습니다.

기름때 묻은 손으로 자동차와 동거동락한 지 어느 덧 사십여 년……. 탄탄한 사업체의 사장으로, 후진 양성을 위해 대학에서 강의를 하는 선생으로, 대한민국 최고의 정비사로 내 길을 갈고 닦아오는 동안 나는 한시도 손에서 책을 놓지 않았습니다. 그 고독한 외길 인생을 함께 달려온 나의 영원한 친구, 그것은 바로 책이었습니다.

희망이라는 이름의 병아리

　　삼 년 전에 하늘나라로 떠난 남편의 빈자리를 채
워주기라도 하듯 우리 집에 새 식구가 생겼습니다. 솜털이 뽀
송뽀송한 노란 병아리입니다. 열두 살 된 아들이 친구에게 받
았다며 키우게 된 녀석의 이름은 삐치입니다. 아들은 어미 닭

이 된 양 삐치를 품에 안아
서 돌봤습니다. 심지어 삐
치가 잘 때는 발소리에 깰지
도 모른다며 아예 발꿈치를

들고 다녔습니다. 밥도 잘 먹고 놀기도 잘 놀던 어느 날, 우려했
던 일이 터졌습니다.

"엄마, 삐치가 많이 아픈가 봐요. 우리 얼른 병원에 데려가요."

그 순간, 내 어릴 때의 기억이 떠올랐습니다. 아픈 병아리를
병원에 데려갔지만 손도 못 써보고 떠나보낸 가슴 시린 경험이
었지요.

"우리 그냥 삐치를 편하게 보내주자."

"……엄마, 왜 내가 사랑하면 다 죽는 거예요? 아빠도 돌아
가시고 삐치도 그렇고. 내가 얼마나 사랑하는데……."

쿵 하고 가슴이 내려앉는 기분이었습니다. 아빠를 떠나보낸

충격에서 아직 벗어나지 못한 아들아이……. 그러니 삐치와의
이별이 큰 고통이었을 테지요. 모든 헤어짐을 제 탓으로 돌리
는 아들을 어떻게든 달래주고 싶었습니다.

"삐치야 날 두고 가면 안 돼. 제발 눈 떠봐."

아들의 마음을 느꼈는지 삐치는 끝까지 생명줄을 놓지 않았
습니다.

"아가야, 넌 살 수 있어. 얼른 기운 내. 우리가 널 얼마나 사
랑하는데……. 제발."

설사 삐치의 운명이 여기까지라 해도 마지막까지 희망의 끈
을 놓을 수 없었습니다. 수시로 배를 쓸어주고, 손가락에 물을
찍어 부리를 적시고 불린
밥알을 먹이고……. 그렇
게 녀석을 살리기 위해 눈
물과 정성으로 이틀을 보

낸 뒤 아들이 환호성을 질렀습니다.

"우와, 살았어요. 살았어! 삐치가 해냈어요."

언제 아팠냐는 듯 털고 일어나 동그랗고 까만 눈으로 우리를 끔벅끔벅 쳐다보던 삐치……. 가슴을 뒤덮은 먹구름이 걷히고 햇빛이 비치는 순간이었습니다.

"우리 삐치, 정말 장하다 장해."

그사이 훌쩍 자라, 무법자처럼 거실을 활보하고 다니는 병아리 삐치……. 모이보다 불린 밥을 더 좋아하는 독특한 녀석. 우리에게 삐치는 사랑하는 가족이며 희망의 또 다른 징표입니다.

꿈꾸는 거북이

열한 살이 될 때까지 내 유일한 친구는 텔레비전
이었습니다. 친구를 사귀지 않은 건 초라한 집안 형편 때문이
었지요. 엄마와 둘이 살면서 최저생계비를 받고 있는 궁핍한
환경이 나는 창피했습니다. 자연히 학교에서는 친구 하나 없는

이상한 아이로 외면 받았고, 엄
마에게는 못되게 구는 나쁜 딸
이 되어갔습니다. 점점 삐뚤어
지던 나는 4학년 겨울방학을 맞

았습니다. 그 무렵, 방과 후 봉사활동을 시작했지요. 내가 맡은
일은 복지관 식당의 탁자를 닦는 것이었습니다. 자질구레한 일
이면서도 결코 쉽지 않은 일이었습니다.

　"아, 탁자가 왜 이렇게 많아? 이 일을 내가 도대체 왜 하고 있
는지……."

　처음 봉사를 시작했을 때만 해도 불만을 입에 달고 살았습니
다. 그런 나를 변하게 한 건 내가 닦은 깨끗한 식탁에서 맛있게
식사하시는 어르신들의 모습이었지요. 처음으로 벅찬 기쁨을
느꼈습니다. 그러면서 내게, 더 이상 주말은 혼자 보내야 하는
쓸쓸한 휴일이 아니게 됐습니다. 복지관 식당에서 봉사하며 휴

일을 알차게 보냈고, 친손녀처럼 따뜻하게 맞아주시는 할아버지, 할머니가 계셔서 가족의 정도 넘치게 맛보고……. 단지 좋아서 한 일인데, 그 덕에 학교에서 '착한 어린이상'도 받았습니다. 중학생이 돼서는 소외된 어르신들에게 도시락을 배달했고, 한 달에 한 번씩 영아원에 가서 동생 같은 아이들을 만났습니다.

그곳 아기들을 보면서 깨달았지요. 엄마와 함께 사는 나는 행복한 아이라는 것을요.

생각이 긍정적으로 바뀌고 생활 태도가 바르게 변하니 성적도 쑥쑥 오르고, 자신감도 쑥쑥 자라나 학창시절 내내 반 대표를 도맡았습니다. 2008년에는 '대한민국 인재상'을 수상하기도 했습니다.

　지금의 나는 사회복지사를 꿈꾸는 스무 살의 대학생입니다. 암울한 현실에서 고통 받던 내가 복지관에서 삶의 기쁨을 찾은 지 어느덧 팔 년……. 그런 봉사의 시간들은 내 인생 최고의 선물이었습니다. 희망은 늘 우리 주변에 있고, 희망은 찾으려고 노력하는 사람의 것이라는 걸 알게 됐으니까요.

　조금만 생각을 바꾸면 세상은 나를 향해 웃고 있기에 나는 늘 스스로에게 다짐합니다. 거북이처럼 살겠다고……. 비록 느리더라도 꾸준히 걸어가고 성실히 나아가는 꿈꾸는 거북이가 되겠다고 말입니다.

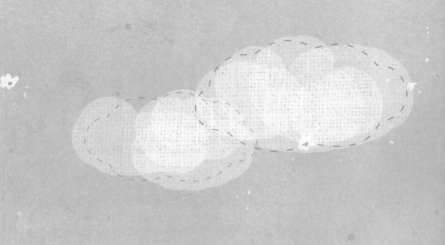

비록 넉넉하지는 않더라도 누구나 나눔을 실천할 수 있다는 것을
몸소 보여주신 아주머니…….
그 사랑이 내 메마른 가슴을 환히 밝혀주었습니다.

5

너와 내가 함께하는 세상
아름다운 이웃

희망 나눔 릴레이

　　쌀쌀한 겨울 추위가 채 가시지 않은 지난 3월. 서
울의 한 종합병원에서 생명을 나누는 사랑의 릴레이가 이어졌
습니다. 서로 이름도, 나이도, 얼굴도 모르는 여덟 명의 사람들.
그들이 엮고 맺은 신장 기증 릴레이……. 이틀 동안, 만성신부

전증 환자 네 명이 새 생명을 받은 기적 같은 일이 펼쳐졌습니다. 그 희망의 고리의 선봉에는 갓 오십을 넘은 사회복지사 백창전 씨가 있습니다.

일 년 전, 그녀는 기회가 닿아 장기기증 서약에 참여했습니다. 그리고 지난 3월에는 또래 여성에게 한쪽 신장을 떼어주었습니다. 그녀가 뿌린 사랑의 씨앗은 세상으로 퍼져나갔습니다. 백 씨에게 신장을 받은 아주머니의 남편인 정수영 씨가 신장 기증의 바통을 이어받았던 것입니다. 작은 사업체를 운영하며 투병중인 아내를 극진히 보살폈던 정수영 씨…… 평소에도 어려운 이웃을 위해 따뜻한 온정을 베풀던 사람이었습니다.

"제 신장이 아내에게 맞지 않아서 줄 수 없었는데…… 이렇게라도 은혜를 갚을 수 있어서 다행입니다."

그는 한쪽 신장을 떼어 서른여덟 살인 한 남자에게 주었습니

다. 그러자 영화 속에서나 있을 법한 일들이 현실이 되었습니다. 생면부지인 정수영 씨한테 신장을 이식 받은 남자의 형 또한 기증 운동에 동참했던 것입니다.

"동생의 소중한 목숨을 지켜주셨는데…… 형인 제가 가만있을 수 없죠. 저도 신장을 기증하겠습니다."

남자의 형이 준 신장은 병마로 바짝바짝 야위어가던 중년 아주머니에게 삶의 빛이 되었습니다. 그녀의 남편 유영석 씨도 아내에게 주지 못한 자신의 신장을 기증하겠다고 했습니다.

"여보 나 때문에 어려운 결정도 하고…… 고마워요, 그리고 사랑해요."

결혼해서 지금껏 고생밖에 모르고 살아온 아내입니다. 그런 아내를 위해서라면 못할 일이 없다는 유영석 씨입니다. 오랜 투병 생활로 가장 역할에 소홀했다는 중년 남자……. 그가 유영식 씨의 신장을 받으면서 나눔 릴레이가 계속 이어졌습니다.

"이웃들의 사랑을 받고 덤으로 얻은 인생이니, 앞으로 더 열심히 살겠습니다."

그렇게 아내가 신장을 받으면 남편이 자신의 신장을 떼어서 그 은혜를 갚고, 동생이 받으면 형이 기꺼이 내준 다섯 가족의 용기와 배려……. 손에 손을 잡고 혈연을 뛰어넘은 사랑이 네 사람에게 새 삶을 선물했고, 여덟 사람에게 행복의 의미를 찾아주었으며, 세상 모든 이들에게 나눔의 희망을 밝혀주었습니다.

스님의 깊은 뜻

1875년 전북 고창에서 태어난 만암 스님은 일찍이 부모를 여의고 어린 나이에 백양사에 입산했습니다. 훗날 사찰의 주지가 된 스님은 굶주린 백성들을 구하는 데 평생을 바쳤습니다. 밭을 일굴 농기구 하나 변변찮던 그 시절……. 극심한 가뭄에 논바닥이 말라붙고, 큰 홍수에 땀 흘려 지은 곡식이 떠내려가도 사람들은 그저 하늘이 돕기만을 바랄 수밖에 없었습니다. 기근에 시달리는 농민들에게 만암 스님은 손을 내밀었습니다. 백양사에서는 죽으로 끼니를 때울지언정 그들에게는 쌀

을 나눠주었던 것입니다.

그러던 어느 해 봄, 만암 스님이 굶주린 마을 사람들을 백양사 개천 앞으로 불렀습니다.

"개천에 보를 만들까 하는데 여러분의 도움이 필요합니다."

가뭄 때, 논에 물을 대기 좋게 개천에 보를 만든다는 것이 만암 스님의 계획이었습니다. 느닷없이 둑을 쌓겠다는 소리에 마을 사람들은 어리둥절했습니다.

"한 집안에 한 명씩 꼭 참여해주셔야 합니다. 품삯은 곡식으로 드리겠습니다."

한 끼가 아쉬운 농민들에게는 더할 나위 없이 좋은 조건이었습니다. 마을 사람들은 스님을 도와 기꺼이 작업에 참여했고, 저녁이면 품삯으로 받은

쌀자루를 들고 산 아래 마을로 돌아갔습니다. 이를 지켜보던 한 젊은 스님이 만암 스님에게 물었습니다.

"스님, 무엇 때문에 굳이 하지 않아도 될 일을 만들어 마을 사람들에게 양식을 나눠주시는 것인지요?"

만암 스님은 웃으며 대답했습니다.

"생각해보게나. 아무리 배고픈 백성들이라도 양식을 거저 준다고 하면 자존심이 상할 게 아닌가? 하지만 일하고 받는 대가라면 그들도 떳떳할 걸세……."

개천에 쌓은 둑은 마을 사람들의 고충을 덜어주기 위한 만암 스님의 배려요 지혜였던 것입니다. 흉년이 들 때마다 농민들에

게 일거리를 주려고 보를 만들게 하고, 봄이면 산마다 붉은 단풍 묘목을 심게 하고……. 그때마다 농민들이 품삯으로 받는 것은 황금보다 귀한 식량이었습니다.

만암 스님의 인자하고 따뜻한 사랑이 백암산 산자락을 단풍으로 빨갛게 물들였던 것입니다.

감동의 5분 발표

　　나는 사범대를 졸업하고 중학교에서 체육을 가르치는 교사입니다. 우리 반의 조례는 다른 학급과는 다르게 진행됩니다. 친구들 앞에 서서 5분 동안 자신의 생각을 표현하는 시간. 이름하야 '5분 스피치'로 우리 반의 하루는 시작됩니다.

"자신의 생각을 자유롭게 표현하는 시간이라고 생각하면 된다. 무슨 얘기든 다 좋아⋯⋯."

내가 굳이 발표시간을 마련한 이유는 내성적이고 수줍음 많은 성격 탓에 남 앞에 서기를 두려워했던 내 어린 시절의 기억 때문입니다. 그렇게 소심했던 나를 변화시킨 건 발표 위주로 이루어지는 사범대의 수업 방식이었습니다. 우리 반 아이들만큼은 나와 같은 시행착오를 겪지 않기를 바랐습니다. 그래서 5분 발표를 시작했고, 아이들은 열성적으로 참여했지요.

물론 모두가 그렇지는 않았습니다. '민호'라는 아이가 예외였지요. 민호는 말이 없고 낯을 많이 가리는 편입니다. 사람들 앞에 서면 얼굴부터 붉히는 아이. 혼자 있는 것을 좋아하고, 다른 사람 일에는 관심을 보이지 않고⋯⋯. 그렇게 외톨이처럼 겉돌던 민호가 드디어 발표할 차례가 됐을 때, 걱정이 떠나질 않았습니다. 역시, 교단에 선 민호는 우물쭈물 말을 하지 못했습니다. 그새를 못 참고 아이들이 웅성대기 시작했습니다. 잠시 망설이던 민호는 결심을 한 듯, 손에 꼬옥 쥐고 있던 꼬깃꼬깃한 종이를 펼쳤습니다. 그리고 책을 읽듯 술술 읽어 내려갔습니다.

"우리 반 1번 정민이는 내가 준비물을 안 가져오면 웃는 얼굴로 선뜻 빌려준다. 정말 좋은 친구다……."

"우리반 2번 현수는 내가 못 푸는 수학 문제를 이해하기 쉽게 잘 설명해준다. 정말 좋은 친구다."

민호는 반 아이들 이름을 번호 순서대로 차례차례 호명해가며 고마움을 표현했습니다. 칭찬 릴레이가 계속될수록 교실 분위기는 한층 더 엄숙해졌습니다.

"우리반 37번 준호는 항상 먼저 내게 말을 걸어주는 정말 좋은 친구다."

"38번 호성이는 나와 점심을 먹어주는 정말 좋은 친구다."

226

"얘들아, 너희 모두에게 정말 고마워……."

고맙다는 인사를 마무리로 발표를 멋지게 끝낸 민호. 그러나 어느 누구도 선뜻 입을 열지 못했습니다. 내가 침묵을 깨고 수고했다는 말을 건네자 그제야 비로소 우렁찬 박수를 보내던 아이들……. 그것은 아이들이 민호에게 보내는 답례인사요, 마음의 표시였습니다. 민호의 진심이 담긴 우정 어린 고백……. 우리 반 아이들의 가슴 가슴마다 사랑의 무지개를 수놓았습니다.

도시락에 사랑 한가득

남편이 세상에서 가장 좋아하는 도시락은 아내표 도시락입니다.

"나는 당신이 싸준 도시락이 제일 맛있더라. 마음이 담겨 있어서 그런가?"

평범한 음식도 맛있게 먹어주는 그 성의가 고마워서, 나는 조금 번거롭더라도 도시락 싸기에 정성을 기울입니다. 그런데 얼마 전부터는 도시락을 하나 더 싸야 하는 형편이 되었습니다.

"살이 찌려나…… 자꾸 밥이 당기네. 여보, 나 내일부턴 도시

락 두 개 싸주면 안 될까?"

"그게 뭐 어려운 일이라고……. 당신이 원하면 두 개 아니라 열 개도 싸줄게요."

남편은 식탐도 없고 입도 짧은 전형적인 마른 체질입니다. 도통 몸에 살이 오르지 않아 보기가 딱할 정도이지요. 그런데 먼저 알아서 식욕이 생겼다고 하니 듣던 중 반가운 소리였습니다. 나는 아침마다 도시락을 두 개씩 싸느라 몸은 분주해졌지만 마음만큼은 흐뭇했습니다.

그렇게 보름이 지난 어느 날, 이름 모를 할머니에게서 한 통의 전화가 걸려왔습니다.

"바깥 분이 전화하지 말라고 했는데…… 너무 감사해서 말이에요……."

당신을 같은 동네에 사는 이웃이라고 소개하신 할머니는 보름 전부터, 우리 집 남편이 도시락을 가져다준다고 했습니다.

"자식들에게 버림받고 마음의 상처가 깊었는데, 바깥 분이 자식 이상으로 나를 챙겨주어서 큰 힘이 됐답니다. 정말 고맙습니다……. 착한 신랑 만났으니 꼭 행복하게 잘 사세요."

할머니와 통화를 끝내고, 나는 한참 동안을 멍한 상태로 서 있었습니다. 남편을 위한 또 하나의 도시락……. 그것은 할머니의 몸과 마음을 살찌우는 희망의 양식이었던 것입니다.

그날 밤, 나는 근사한 저녁상을 차려놓고 남편을 맞았습니다. 좋은 일을 함께하자는 봉사의 뜻도 밝혔습니다.

"나 당신한테 감동한 거 있지……. 그 보이지 않는 선행, 나도 같이 하고 싶은데 앞으론 우리 같이 해요. 네? 호호……."

"어어엉? 음…… 하하, 고마워 여보……."

남편이 걷는 길, 아내로서 마땅히 함께 걸어야 하지 않을까요. 주말 오후, 남편과 나는 손을 잡고 할머니 댁을 방문합니다. 적적한 노후를 보내고 계신 할머니에게 말벗도 되어드리고 때로는 함께 외식도 하면서 자식처럼 돌봐드리고 있습니다.

모닥불처럼 활활 타오르는 뜨거운 사랑으로 할머니의 꽁꽁 얼어붙은 가슴을 녹인 따뜻한 남자……. 그런 남편과 함께 누리는 알찬 행복과 기쁨이 내 영혼을 살찌우고 있습니다.

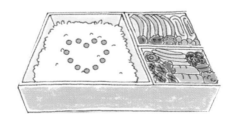

의미 있는 선택

　　지금으로부터 칠 년 전. 오로지 공부 밖에 몰랐던 고3 수험생 시절의 일입니다. 그때 우리들의 목표는 오로지 대학 진학이었습니다. 하지만 유일하게 한 친구만은 우리와 달랐습니다. 그 친구는 설렁설렁 출석만 하고 공부는 뒷전이었지요. 수험서나 참고서 대신 만화책이나 소설책을 끼고 살던 나의 단짝 친구……. 황금 같은 시간을 그렇게 흘려보내는 것으로도 모자라 수업이 끝나면 곧장 집으로 가고, 도무지 공부에는 관심을 갖지 않았습니다. 마음을 잡지 못하고 겉도는 친구

를 나는 붙잡아주고 싶었습니다.

"은수야, 나랑 같이 학교 도서관에서 공부하자. 응?"

"난 공부에 취미 없어."

번번이 내 청을 거절하는 것이 조금 야속하기도 하고 우리의
우정이 고작 이 정도인가 싶은 의심마저 들었습니다. 점점 서
먹해지는 관계를 깨기 위해 하루는 서점에 가자고 제안했습니
다. 오랜만에 친구와 다정한 시간을 보내고 싶었지요.

"서점에? 좋아……. 서점 가서 소설책 좀 사야겠다."

소설책을 산다던 친구였지만 서점에 가자 마음이 바뀐 듯했

습니다. 어떤 책 하나를
고르더니 한시도 눈을 떼
지 못하던 친구. 옆에서
툭 건드려도 모를 만큼 진
지하고 엄숙한 모습이었

지요. 친구가 고른 책은 세계 빈민촌에 사는 사람들의 생활상을 보여주고, 그곳으로 자원봉사를 나간 사람들의 생생한 체험을 담은 수기집이었습니다.

서점에 다녀온 바로 다음 날부터 친구는 달라졌습니다. 평소 같으면 음악을 듣고 만화책을 읽던 시간에 영어단어를 암기했고, 매일 늦게까지 도서관에 남아서 공부하는 모범생이 되어갔습니다. 나는 갑작스런 변화의 이유를 물었지요.

"은수야, 너 왜 그래? 꼭 딴 사람 같아……."

친구는 그 책 한 권이 인생의 전환점이자 새로운 출발점이 됐다고 말했습니다.

"그 책을 통해 알게 됐어. 내가 정말 하고 싶은 게 뭔지. 그건 바로 어려운 사람들에게 힘이 되는 자원봉사였어. 근데 누군가에게 힘이 되려면 공부도 열심히 해야 되던걸!"

봉사의 길을 걷고 싶다는 친구의 눈빛에서 나는 강한 의지를 읽었습니다. 그렇게 해서 뜻한 바대로 친구는 사회복지학과에 진학했지요. 대학을 졸업하고는 세계 봉사단에 지원했고요.

도움이 필요한 누군가에게 봉사하고 헌신하면서 인생의 참의미를 배우고 있다는 친구……. 의미 없이 보낸 지난 시간들을 반성하며 하루하루를 알차게 꾸려가고 있는 나의 벗……. 지금쯤 미얀마 어느 황량한 땅에서 아픈 사람들의 영혼을 따스한 손길로 어루만져주고 있겠지요. 친구가 보내고 있을 인생의 참시간이 영원히 이어지기를 바랍니다.

모두가 장원

아주 오랜 옛날, 장원급제 행렬이 마을 한복판을 지날 때의 일이었습니다. 성대한 구경거리를 놓칠 새라 사람들이 우르르 거리로 몰려나오면서 온마을이 들썩댔습니다. 그때 사람들 틈에 껴 있던 나무꾼 하나가 대수롭지 않다는 투로 말했습니다.

"장원이 뭐 그리

대단하다고 이러는지……."

말을 타고 그 앞을 지나던 장원은 나무꾼의 말에 솔깃해서 물었습니다.

"장원급제가 대단하지 않다니…… 그럼 당신에겐 달리 특별한 재주라도 있단 말이오?"

"나는 어떤 나무든 정확히 반으로 쪼갤 수 있지요."

나무꾼의 호언장담을 확인하기 위해 장원은 굵은 나무토막 한가운데 반듯하게 줄을 그었습니다. 그 위로 나무꾼이 도끼를 힘껏 내리치자 나무가 쩍 하고 갈라지며 두 동강이 났습니다. 줄대로 쪼개진 나무를 보며 감탄하던 사람들 중엔 기름 장수도 있었습니다.

"나도 자랑할 게 있소."

그는 끼어들며 말했습니다.

"나는 저울을 쓰지 않고도 기름 한 말을 정확히 따를 수 있소."

기름 장수는 호리병 입구에 엽전 한 닢을 올려놓았습니다. 그리고 커다란 기름통을 기울여 엽전의 작은 구멍에 기름을 따르기 시작했습니다. 호리병 속 기름을 재보니 정확히 한 말이었습니다.

"아, 정말로 정확하군……."

"와 정말 대단해요!"

"놀랍네요, 놀라워……."

기름 장수를 칭찬하는 구경꾼들 사이에서 이번엔 아낙네가 소리쳤습니다.

"그럼 내 재주도 보시겠소?"

그녀는 체 치는 기술을 선보였습니다. 섞여 있던 한 바가지의 좁쌀과 쌀은 잠시 후 정확히 둘로 나뉘었습니다. 장원은 호탕하게 웃으며 말했습니다.

"허허허, 어디에나 장원이 있군요. 모두 자신의 재주를 가지

고 묵묵히 일하는데, 나 혼자 북을 두드리고 수선을 피웠으니
이거 부끄럽기 짝이 없습니다."

　마을 거리에서 큰 깨달음을 얻은 장원은 그 후 백성을 덕으로
다스리고 선정을 베푸는 관리가 되었습니다. 눈과 귀를 멀게
하는 자만심과 교만함을 경계하는 자세……. 백성을 받드는 마
음으로 자신을 낮추는 겸손함이 마을에 평화를 가져다주었던
것입니다.

화수분 사랑

열한 살배기 딸아이 지민이는 우리 집의 귀염둥이 막내입니다. 그런데 최근 들어 개구쟁이 오빠한테 시달리는 날이 잦아지면서 자기도 동생이 있었으면 하는 마음이 간절해졌습니다. 나이 사십 줄에 늦둥이를 볼 수도 없고, 딸의 간절한 소

원을 모른 척하기도 그렇고……. 여러 날을 고민한 끝에 나는 국외 자매결연을 생각해냈습니다. 어려운 나라에 사는 아이에게 생활비와 학비에 보탬이 되도록 다달이 돈을 보내는 것이었지요. 나라는 다르지만, 동생 같은 아이에게 편지도 쓰고 소중한 우정도 쌓다 보면 서로에게 좋을 거라고 생각했습니다. 딸의 새로운 동생이 된 아이는 큰 눈이 예쁜 캄보디아의 여덟 살 소녀이지요.

"이 사진 속 아이가 네 동생이야. 참 예쁘지?"

"네, 엄마. 정말 귀엽고 예뻐요."

비록 만날 수는 없지만 동생이 생겼다는 사실만으로도 딸은 흥분을 감추지 못했습니다. 소녀의 부모는 땅을 일구는 가난한 농부로, 육 남매를 키우고 있었습니다.

"근데요, 엄마. 동생이 너무 말라서 마음이 아파요. 오늘부터 저도 용돈을 모아서 동생한테 보낼래요. 맛있는 거 많이 사 먹

을 수 있게요."

곁에서 챙겨주지 못하는 것이 안타까웠는지, 딸은 동생을 위한 일을 찾는 데 머리를 짜내고 정성을 기울였습니다. 낡은 옷을 입고도 해맑게 웃고 있는 캄보디아 소녀의 사진을 제 방에 걸어두기도 했습니다.

"안녕, 내 동생아. 잘 지내지? 보고 싶어. 헤헤헤……."

사랑하는 동생을 위해 좋아하는 군것질도 마다하고 저축 대장이 된 딸아이……. 다른 사람의 어려움을 이해하고 그 아픔을 함께하려는 어린 딸의 마음이 기특했습니다. 그 두 아이가 서로의 거울이 되어 각자의 꿈을 펼쳐 나간다면 그보다 귀한

선물이 어디 있을까요? 화수분처럼 마르지 않은 온정으로 서
로를 알아가는 캄보디아 소녀와 딸, 지민이. 두 아이가 건강하
게 쑥쑥 자라 큰 꿈을 펼칠 수 있도록 든든한 후원자이자 엄마
로서 따뜻한 보금자리가 되겠습니다.

마음이 담긴 교복

　　큰아이가 중학교에 들어갈 무렵, 집안 형편은 더욱 어려워졌습니다. 살림이 기울대로 기운 탓에 악착같이 아끼고 아껴도 궁핍한 생활에서 벗어나질 못했습니다.

　"아휴⋯⋯."

　통장은 바닥을 드러낸 지 오래인데, 중학교에 올라가는 딸의 교복은 어떻게 마련해야 할지 걱정이 태산이었습니다. 그래도 고마운 건 딸의 태도였습니다. 엄마의 주머니 사정을 생각해서인지 딸은 헌 교복도 괜찮다는 식이었지요. 마침 생활정보지에

서 헌 교복을 무료로 주겠다는 어떤 아주머니의 글을 봤다며 나의 걱정을 덜어주기까지 했습니다. 나는 한 가닥의 희망을 갖고 마음씨 좋은 아주머니와의 짧은 통화를 나눴습니다.

"교복을 주신다는 글을 보고 연락드렸는데요……."

"아, 네. 아이 키가 어떻게 되죠?"

"키는 보통쯤이고, 좀 마른 편이에요."

"따님 체격에 맞게 수선해달라고 세탁소에 맡겨놓을게요."

"그냥 받기 미안해서요, 작은 성의라도 표하고 싶은데 주소 좀 알려주실래요?"

"아, 제가 지금 좀 바빠서요."

작게나마 보답을 하고 싶었지만, 아주머니는 바쁘

다는 말로 사양의 의사를 밝혔습니다. 며칠 후, 나는 딸애와 함께 수선이 끝난 교복을 찾기 위해 세탁소로 갔습니다.

"얼마예요?"

"이미 계산하셨는데요……."

아주머니가 비용을 미리 계산하셨다는 말이었습니다. 교복도 교복이지만 하얀 블라우스는 삼 년을 입었다는 것이 믿어지지 않을 만큼 새것이었습니다.

"어쩜 블라우스가…… 완전히 새것 같네……."

고맙다는 인사를 하려고 아주머니에게 전화를 걸어 나는 블라우스에 대해 물었습니다. 잠시 후 놀라운 대답을 들었습니다.

"허허허, 실은 제가 남의 집에 일을 다니는데요, 그 집에서 그 학교 교복을 버리려고 내놨더라고요……. 말짱한 게 아까워서 필요한 학생이 있으면 주려고 정보지에 광고를 냈는데, 헌 옷만 주려니 마음에 걸려서 블라우스만 새로 샀어요. 한 번 빨아서 넣었으니까 바로 입으면 될 거예요……."

아주머니도 힘들게 일해서 어렵게 번 돈일 텐데……. 생판 모르는 아이한테 어떻게 그렇게까지 인심을 쓸 수 있는지 대단하다는 생각이 들었습니다.

"정말 고맙습니다."

아주머니를 알기 전까지만 해도 봉사나 나눔은 가진 것이 많은 사람들만 할 수 있는 일이라고 생각했습니다. 비록 넉넉하지는 않더라도 누구나 나눔을 실천할 수 있다는 것을 몸소 보여주신 아주머니……. 그 사랑이 눈부신 순백의 빛처럼 내 메마른 가슴을 환히 밝혀주었습니다.

행복의 맛

　　엄마에겐 달마다 마지막 날이 되면 어김없이 우리 집을 방문하는 손님이 계십니다. 빈 병이나 폐지를 팔아 생활하시는 이웃집 할머니이십니다. 할머니가 집에 오실 즈음이면 우리 집은 그야말로 쓰레기 소굴이 따로 없습니다. 온 동네 폐지란 폐지는 죄다 긁어모아 할머니께 드리는 엄마의 헌신적인 노고 때문이지요. 폐지 뭉치가 산더미처럼 쌓이면 그만큼 먼지도 많아지고, 집을 쓸고 닦고 치울 일도 잦아집니다. 한두 번도 아니고 매달 같은 일이 반복되다 보니 나중에는 짜증이 날 정

도였습니다. 그래서 하루는 엄마에게 괜한 성질을 부렸습니다.

"엄마, 이거 팔아서 얼마나 된다고 그러세요? 그렇게 할머니를 돕고 싶으면 매달 조금씩 생활비를 드리세요. 그럼 엄마도 덜 힘들 테고 할머니도 그걸 더 바라실 거예요."

내가 생각 없이 던진 한마디에 엄마는 노여운 기색을 보이셨습니다.

"너 그걸 지금 말이라고 하니? 혼자 힘으로 열심히 사시는 할머니에게 동정하라는 거야? 할머니는 땀 흘려 일하고 정당한 대가를 받으시는 거야. 그리고 나는 아주 조금 돕는 것뿐이고……."

어머니에게 따끔하게 혼이 난 나는 한 달 후, 할머니를 뵙자 죄송한 마음이 들었습니다. 때마침 연말이고 해서 평소보다 반갑게 새해 인사를 드렸습니다.

"할머니, 새해에도 늘 건강하시고요, 내년에는 더 자주자주 뵙고 싶어요. 헤헤헤……."

며칠 후 새해 아침. 우리 가족은 아주 특별한 선물을 받았습니다. 싱싱한 달걀 한 판과 편지 한 통……. 모두가 곤히 잠든 새벽녘, 할머니께서 소리 소문 없이 오셔서 우리 집 대문 앞에 놓고 간 새해 선물이요, 마음이었던 것입니다. 게다가 집 앞 청소도 깨끗이 되어 있었습니다. 할머니는 그동안 어머니가 보여준 따뜻한 애정에 대한 고마운 마음을 편지에 담으

셨습니다.

"늘 신경 써줘서 고마워요. 일이 고되긴 하지만 날 생각해주는 이웃이 있어서 즐겁게 일할 수 있었다우. 새해고 해서 뭘 해주고 싶은데 줄 게 계란밖에 없네요. 그래도 마음이라고 생각하고 받아줘요. 새해 복 많이 받아요."

연필로 꾹꾹 눌러쓴 편지에서 하루하루 최선을 다해 사시는 할머니의 온유한 성품을 느낄 수 있었습니다.

새해 아침, 우리 가족은 달걀을 진하게 풀어 넣은 떡국을 배불리 먹었습니다. 할머니의 소박한 정으로 간을 하고 양념을 한 떡국 한 그릇은 새해 아침을 밝게 비쳐주는 행복의 맛이었습니다.

더 건강해져야 하는 이유

김수환 추기경의 선종으로 추모와 애도의 물결이
전국에 넘쳐나던 무렵이었습니다. 추기경 님의 안구 기증 얘기
가 세상에 알려지면서 장기 기증에 대한 사람들의 관심도 크게
높아지고 있었습니다. 종교를 뛰어
넘는 사랑의 서약, 장기 기증…….
우리 대학의 교수님 중 한 분도 그
즈음 장기 기증을 하셨는데, 그 사연
의 의미가 남다릅니다.

252

수영장에서 걷기 운동을 하며 몸을 단련 중이던 어느 날이었다지요. 어디선가 아이들의 웅성거림이 들려서 그쪽으로 시선을 돌리셨다는 교수님.

"지선아 어딨니?"

"하늘아, 나 여기 있어, 여기."

　수영장으로 재활훈련을 나온 시각장애 아동들이 친구를 찾기 위해 부르는 소리였습니다. 눈이 보이지 않는 아이들에게 친구의 목소리는 귀로 듣는 나침반이었던 것입니다. 우연히 그 장면을 보게 된 교수님도 할머니들도 하던 일을 멈추고 한결같이 눈시울을 붉혔다고 했습니다. 시각장애 아동들의 천진한 모습은 교수님과 할머니들이 장기 기증을 결심하게 된 동기가 되었던 것입니다.

"어차피 죽으면 땅속에 묻힐 몸, 저 아이들을 위해서 우리 눈이라도 남겨두고 갑시다."

"그래요, 그럽시다."

교수님의 도움으로 장기 기증에 서약을 하신 할머니들…….
그 후 표정이나 행동이 눈에 띄게 변하셨다고 했습니다. 전에
는 수영을 취미로 쉬엄쉬엄 하셨던 분들이 어느 순간 준비운동
조차 허투루 안 하고 진지하게 임하더라는 것이었습니다. 그래
서 교수님이 여쭈어봤다지요.

"어르신, 갑자기 그렇게 열심히 운동하는 이유라도 있으신
건가요?"

이어진 어르신들의 대답…….

"저번에 본 그 아이들에게 조금이라도 건강한 눈을 선물해주

고 싶어서라우. 호호호."

불치병 환자들에게 마지막 희망이라고 불리는 장기 기증. 그 숭고한 사랑을 실천하기 위해서 당신이 먼저 건강해져야 한다며 체력을 돌보고 계셨던 어르신들. 그분들의 건강한 몸과 아름다운 마음이 생명의 소중함을 일깨워주었습니다.

남편의 선생님

　　남편이 만난 인생의 스승은 따뜻한 흙냄새가 나는 분이십니다. 호미질 하나 제대로 못하던 남편에게 채마밭을 일구는 법을 자상하게 가르쳐주신 분……. 다름 아닌 이웃에 사시는 할머니이십니다.

　남편이 처음 귀농 얘기를 꺼냈을 때, 나는 두 귀를 의심했습니다.

　"뭐어? 농사를 짓겠다고?"

　농사의 농 자도 모르는 사람이 멀쩡히 잘 다니던 직장을 그

만두고 평생 땅에 의지해 살겠다는데 헛웃음밖에 나오지 않았습니다. 남편이 끝까지 고집을 꺾지 않아 온 가족이 시골에 내려온 지 어느덧 팔 년…… 농사꾼으로 잔뼈가 굵은 이웃집 할머니가 그 긴 시간에 걸쳐 남편이 정착할 수 있도록 도와주셨습니다.

농사에 대해 아는 것이 거의 없던 초창기 시절, 계속되는 실패로 남편은 이대로 꿈을 접어야 하나 고민했습니다. 그때, 뜨내기 농부가 될 뻔했던 남편 앞에 짜잔 하고 나타난 행운의 여신이 옆집 할머니였습니다.

"고추가 이리 빨갛게 익었는데 안 따고 뭐하는 거야?"

"한 번도 따본 적이 없어서요."

인정 많은 할머니는 농사일이 서툰 남편을 돕겠다며 소매를 걷어붙이셨습니다. 그 뒤로도 어찌나 신경을 써주시는지, 키질 하는 법도 알려주시고, 동네 사람들과 어우렁더우렁 잘 어울릴 수 있게 힘써주신 할머니…….

"마을 사람들하고 마음 트기가 힘들지? 조금만 참아. 진심은 통하는 법이거든."

할머니는 애정 어린 조언을 아끼지 않으시되 이러니저러니 참 견하지 않았습니다. 우리가 스스로 깨우치길 바라셨던 거지요. 우리 가족의 든든한 조력자요 정 많은 이웃사촌 할머니…….

"다연이네 집에 불이 환하게 켜져 있으면 내 마음까지 밝아져."

멋모르고 시골에 내려와 할머니를 만나면서 우리 가족은 땅이 주는 축복을 배웠습니다. 팍팍한 도시 사람에서 후덕한 시골 사람으로 새롭게 태어났고, 살아가는 멋과 맛도 느꼈습니다. 이 모든 행복 속에는 어머니처럼 따뜻하고 대지처럼 풍요로운 마음의 주인, 이웃집 할머니가 함께 계십니다.

십 년을 이어온 100원의 힘

　　매일 100원씩을 모아 이웃 사랑을 실천하는 사람
들이 있습니다. 520여 명의 회원으로 구성된 100원회 식구들.
100원회는 공무원 출신 김희만 씨가 결성한 봉사단체입니다.
금융 위기 한파로 쓰러지는 가정이 날로 늘어가던 십 년 전. 그
는 가슴을 아릿하게 하는 신문 기사를 접하게 됐습니다. 휴가
나온 군인 아들에게 먹이려고 쇠고기를 훔친 홀어머니 얘기였
지요. 그처럼 벼랑으로 내몰린 이웃들에게 그는 힘이 되고 싶
었습니다. 그래서 도울 방법을 고심하다가, 서랍 속에서 잠자

는 동전에서 기발한 착상을 얻었습니다.

"사정이 아무리 어려워도 누구나 100원은 있겠지? 하루에 100원씩만 차곡차곡 모아도 어려운 이웃에겐 큰 힘이 될 거야."

그러한 자신의 뜻을 그는 생활정보지에 실었습니다. 반응은 빠르게 나타났습니다. 지역도 성별도 나이도 저마다지만, 많은 사람들이 뜨겁게 호응했지요. 회원 열 명으로 시작한 100원회 는 동참자가 두 배 세 배 늘면서 이듬해에는 광주에서 창립식 도 가졌습니다. 100원회의 소리 없는 기부는 찰랑찰랑, 사랑의 동전 소리로 세상을 채워나가기 시작했습니다. 아예 저금통 채 로 내놓는 사람, 매달 일정액을 통장으로 자동이체 하는 사람

까지……. 꼭 얼마씩 내야 한다는 원칙은 없습니다. 작은 정성만 있다면 희망의 등불을 켤 수 있다고 믿으니까요. 그런 마음이 모이고 모여 삼 년 뒤부터는 연간 기부액이 천만 원을 넘어섰습니다. 지난 십 년 동안 100원회에서 장학금을 받은 학생만 700명입니다. 형편이 어려운 이웃들에게 생활비를 지원했고, 소외된 어르신들에게는 영정사진을 만들어 드렸습니다. 100원회의 회원들도 상당수가 도움이 필요한 힘없는 서민들입니다. 폐지를 팔아 근근이 생활하시는 할머니, 살림에 쪼들리는 부모님에게 겨우 용돈을 받아쓰는 어린 학생, 돌아가신 할아버지의 뜻을 이어 열심히 활동하고 있는 장애인 손녀……. 회장 김희

만 씨는 퇴직하고부터 트럭 운전사로 변신했습니다. 버려진 깡통을 모아서 100원회에 보탬이 되기 위해서이지요.

분명 100원은 누구를 돕기에 적은 돈입니다. 그런데도 100원회가 번창할 수 있는 까닭은 하나는 약하지만 둘은 강하다는 신념이 빚어낸 결실입니다. 한두 번의 큰 기부금보다 꾸준한 성의가 더 큰 힘이라는 100원회 사람들……. 주머니에서 굴러다니는 100원이, 책상 서랍에 방치된 100원이 그들의 손길에서 돌고 돌아 팍팍한 세상을 바꾸고, 사람들의 마음까지 움직입니다.

TV동화 행복한 세상 9 원작 목록

1 내가 나로 존재하는 이유 | 소중한 가족

아들은 청소부
원작 | 〈내 아들은 귀여운 청소부〉 (우혜경 님 실화)
출전 | 《사랑밭 새벽편지》
애니메이션 | 김소영(물체주머니)

할머니의 오른손
원작 | 〈할머니의 손〉 (경상북도 포항시 남구 송도동 배경화 님 실화)
애니메이션 | 정지연(찬비)

어른을 위한 크리스마스 선물
원작 | 〈어른을 위한 크리스마스 선물〉 (방송작가 김명애)
애니메이션 | 김혜라(아트플러스엠)

아버지는 누구인가
원작 | 〈아버지는 누구인가〉(작자미상)
애니메이션 | 김삼채(짜박)

아들에게 받은 세뱃돈
원작 | 〈아들에게 받은 세뱃돈〉(방송작가 신보경)
애니메이션 | 임태용(찬비)

어머니와 바지
원작 | 〈어머니와 바지〉 (경기도 양평군 지평면 곡수리 김윤수 님 실화)
애니메이션 | 노미리(찬비)

엄마와 마늘장아찌
원작 | 〈엄마와 마늘장아찌〉(방송작가 신보경)
애니메이션 | 김혜라(아트플러스엠)

행복한 문자 메시지
원작 | 〈행복의 향기〉 (경기도 안산시 상록구 월피동 정순옥 님 실화)
출전 | CJ《생활 속의 이야기》 2009년 1~2월호
애니메이션 | 강민경(짜박)

대화가 필요해
원작 | 〈대화가 필요해〉 (경상남도 창원시 팔용동 허언영 님 실화)
애니메이션 | 전영선, 곽승진(아트플러스엠)

인생 최고의 선물
원작 | 〈인생 최고의 선물〉 (방송작가 신보경)
애니메이션 | 이난, 이성환, 박태준, 하주안(아트플러스엠)

시어머니와 함께라면
원작 | 〈시어머니와 함께라면〉 (경상북도 상주시 남성동 박순덕 님 실화)
애니메이션 | 강민경(짜박)

아들과 함께 한 중국 여행
원작 | 〈아들과 함께 한 중국여행〉 (경기도 시흥시 매화동 박남수 님 실화)
출전 | 동서식품 《맥스웰향기》 2009년 7~8월호
애니메이션 | 김소영, 김정선(물체주머니)

49 빼기 19
원작 | 〈49 빼기 19〉(작자미상)
애니메이션 | 최경선(물체주머니)

2 삶을 행복하게 만드는 지혜 | 또 다른 깨달음

아이처럼 생각하기
원작 | 〈세상에서 가장 소중한 보물찾기〉 (충청남도 공주시 계룡면 봉명리 송성영 님 실화)
출전 | 《오마이뉴스》
애니메이션 | 이정헌(aniB105)

친절의 가치
원작 | 〈친절의 가치〉(작자미상)
애니메이션 | 정지연(찬비)

우리 딸 웃음 찾기
원작 | 〈웃지 않는 우리 딸 웃음 찾기〉 (경기도 부천시 원미구 중 3동 최경아 님 실화)
애니메이션 | 이정민(짜박)

아름다움을 보는 눈
원작 | 〈아름다움을 보는 눈〉(작자미상)
애니메이션 | 박은정, 이덕화(솔구름미디어존)

한 박자 천천히
원작 | 〈한 박자 천천히〉(방송작가 신보경)
애니메이션 | 임창묵(찬비)

기름진 땅 황폐한 땅
원작 | 〈기름진 땅 황폐한 땅〉(작자미상)
애니메이션 | 김혜경, 정재철(짜박)

밤 한 톨의 희망
원작 | 〈밤 한 톨을 어디에 묻을까?〉 (경기도 고양시 일산 동구 정발산동 이순원 님 실화)
애니메이션 | 김연주, 정재철, 조혜영(오후미디어)

엽전과 새끼줄
원작 | 〈엽전과 새끼줄〉(작자미상)
애니메이션 | 김삼채(짜박)

바다 위의 갈매기
원작 | 〈바다 위의 갈매기〉(작자미상)
애니메이션 | 옥영관, 정연현, 배철웅(핸드앤툴)

마음을 다스리는 방법
원작 | 〈마음을 다스리는 방법〉(작자미상)
애니메이션 | 조혜영, 정재철, 김연주(오후미디어)

마음을 움직이고 싶다면
원작 | 〈마음을 움직이고 싶다면〉(작자미상)
애니메이션 | 정지연(아트플러스엠)

행복한 의자
원작 | 〈행복한 의자〉(동화작가 이지현)
출전 | 서울특별시《어린이신문》
애니메이션 | 김삼채(짜박)

3 세상을 바꾼 아이디어 | 위대한 발명

끝없는 도전
원작 | 〈끝없는 도전〉(작자미상)
애니메이션 | 한세화(아트플러스엠)

성공의 열쇠
원작 | 〈성공의 열쇠〉(작자미상)
애니메이션 | 노미리(찬비)

사랑의 반창고
원작 | 〈사랑의 반창고〉(작자미상)
애니메이션 | 김혜경(오후미디어)

편리한 우표
원작 | 〈사랑의 우표〉(작자미상)
애니메이션 | 김연주, 정재철, 조혜영(짜박)

위기를 기회로 만든 지혜
원작 | 〈위기를 기회로 만든 지혜〉(작자미상)
애니메이션 | 최경선(물체주머니)

멈추지 않는 열정
원작 | 〈멈추지 않는 열정〉(작자미상)
애니메이션 | 정지연(찬비)

노력이 희망
원작 | 〈노력이 희망〉(작자미상)
애니메이션 | 박지선(애니2000)

사랑은 발명의 꽃
원작 | 〈사랑은 발명의 꽃〉(작자미상)
애니메이션 | 안재연(aniB105)

손끝에서 피어난 발명
원작 | 〈손끝에서 피어난 발명〉(작자미상)
애니메이션 | 김삼채(짜박)

마음을 듣는 청진기
원작 | 〈가슴을 듣는 청진기〉(작자미상)
애니메이션 | 옥영관, 정연현, 배철웅(핸드앤툴)

4 꿈을 이루는 기적 | 눈부신 노력

아름다운 인생
원작 | 〈아름다운 인생〉(작자미상)
애니메이션 | 박은정, 이민주, 이예주(솔구름미디어존)

두 사람의 차이
원작 | 〈두 사람의 차이〉(작자미상)
애니메이션 | 옥영관, 정연현, 배철웅(핸드앤툴)

아버지와 나침반
원작 | 〈아버지와 나침반〉(작자미상)
애니메이션 | 김국화(애니2000)

나는 세계 최고다!
원작 | 〈나는 세계 최고다〉(작자미상)
애니메이션 | 정지연(찬비)

껄병을 조심하세요
원작 | 〈껄병에 걸리지 않기를 바라요〉(경기도 용인시 기흥구 보라동 김은주 님 실화)
애니메이션 | 박은정, 장승룡(솔구름미디어존)

아름다운 나무
원작 | 〈아름다운 나무〉(작자미상)
애니메이션 | 이수명, 정재철(오후미디어)

할머니의 7전 8기 도전
원작 | 〈할머니의 7전 8기 도전〉(서울시 관악구 봉천 6동 유재범 님 실화)
출전 | 삼양사 《우리 함께》 2009년 9~10월호
애니메이션 | 류주연, 전규성(물체주머니)

운명을 바꾼 1.68초
원작 | 〈운명을 바꾼 1.68초〉(작자미상)
애니메이션 | 옥영관, 정연현, 배철웅(핸드앤툴)

인생의 주인공
원작 | 〈아름다운 그녀〉(전라남도 보성군 보성읍 보성리 박지현 님 실화)
애니메이션 | 임태용(찬비)

신부님은 레슬러
원작 | 〈신부님은 레슬러〉(작자미상)
애니메이션 | 김혜라(아트플러스엠)

책 속에서 찾은 길
원작 | 〈꿈, 도전과 변신〉 (인천시 남동구 고잔동 박병일 님 실화)
출전 | 한국산업인력공단 《어머니의 냉수 한 그릇/우정》
애니메이션 | 정지연(찬비)

희망이라는 이름의 병아리
원작 | 〈희망이라는 이름의 병아리〉 (서울시 강동구 길동 윤경희 님 실화)
애니메이션 | 김연주, 정재철, 조혜영(오후미디어)

꿈꾸는 거북이
원작 | 〈꿈꾸는 거북이, 달리다〉 (부산광역시 중구 부평동 2가 민경인 님 실화)
애니메이션 | 허재선, 안아영, 김원영(아트플러스엠)

5 너와 내가 함께하는 세상 | 아름다운 이웃

희망 나눔 릴레이
원작 | 〈희망 나눔 릴레이〉 (경기도 성남시 분당구 구미동 백창전 님 실화)
애니메이션 | 서양원(짜박)

스님의 깊은 뜻
원작 | 〈스님의 깊은 뜻〉(작자미상)
애니메이션 | 차정연, 김혜라(아트플러스엠)

감동의 5분 발표
원작 | 〈감동의 5분 스피치〉 (경기도 파주시 교하읍 와동리 김준완 님 실화)
애니메이션 | 김연주, 정재철, 조혜영(오후미디어)

도시락에 사랑 한가득
원작 | 〈도시락에 사랑을 싣고〉 (대구광역시 달서구 진천동 장민서 님 실화)
애니메이션 | 강정현, 박지선(애니2000)

의미 있는 선택
원작 | 〈의미 있는 인생의 선택〉 (서울시 중구 신당 3동 유다라 님 실화)
출전 | 한국원자력문화재단 《아토매니아》 2008년 11~12월호
애니메이션 | 조경아(짜박)

모두가 장원

원작 | 〈모두가 장원〉(작자미상)
애니메이션 | 안아영, 장회영(아트플러스엠)

화수분 사랑

원작 | 〈꿈이 마르지 않는 화수분〉 (경기도 남양주시 도농동 김민정 님 실화)
출전 | 교보생명 《다솜이 친구》 2009년 3월호
애니메이션 | 김소영(물체주머니)

마음이 담긴 교복

원작 | 〈무료로 받은 교복〉 (강원도 원주시 태장 2동 안은자 님 실화)
출전 | 한국전력공사 《전력문화》 2009년 1~2월호
애니메이션 | 김혜정, 정재철(오후미디어)

행복의 맛

원작 | 〈파지 할머니의 편지〉 (전라북도 익산시 마동 이경신 님 실화)
애니메이션 | 김휘, 한득현, 김송현(아트플러스엠)

더 건강해져야 하는 이유

원작 | 〈더 건강해져야 하는 이유〉 (경기도 부천시 소사구 괴안동 안혜선 님 실화)
애니메이션 | 임창묵, 노미리(찬비)

남편의 선생님

원작 | 〈남편의 선생님〉 (강원도 춘천시 사북면 고성리 홍주원 님 실화)
애니메이션 | 강정현(애니2000)

십 년을 이어온 100원의 힘

원작 | 〈10년 이어온 100원의 힘〉 (광주광역시 서구 화정 2동 김희만 님 실화)
애니메이션 | 이정민(짜박)

TV동화 행복한 세상 · 9

1판 1쇄 발행 2010년 12월 6일
1판 5쇄 발행 2016년 12월 30일

기획·구성 박인식
펴낸이 김성구

단행본부 박혜란 이은정 김민기 나성우 김동규
디자인 홍석훈 문인순
제 작 신태섭
마케팅 최윤호 손기주 송영호 유지혜
관 리 김현영

펴낸곳 (주)샘터사
등 록 2001년 10월 15일 제1-2923호
주 소 서울시 종로구 대학로 116 (03086)
전 화 02-763-8965 (단행본부) 02-763-8966 (영업마케팅부)
팩 스 02-3672-1873 **이메일** book@isamtoh.com **홈페이지** www.isamtoh.com

ISBN 978-89-464-1786-1 04810
ISBN 978-89-464-1794-6 04810(세트)

이 도서의 국립중앙도서관 출판시도서목록(CIP)은 서지정보유통지원시스템 홈페이지(http://seoji.nl.go.kr)와
국가자료공동목록시스템(http://www.nl.go.kr/kolisnet)에서 이용하실 수 있습니다.
(CIP제어번호:CIP2010004251)

값은 뒤표지에 있습니다.
잘못 만들어진 책은 구입처에서 교환해 드립니다.